海上絲綢之路基本文獻叢書

南海百詠續編

〔清〕樊封 撰

文物出版社

圖書在版編目（CIP）數據

南海百詠續編 /（清）樊封撰. -- 北京 : 文物出版社, 2022.6
（海上絲綢之路基本文獻叢書）
ISBN 978-7-5010-7563-8

Ⅰ. ①南… Ⅱ. ①樊… Ⅲ. ①古典詩歌－作品集－中國－清代 Ⅳ. ① I222.749

中國版本圖書館 CIP 數據核字（2022）第 065685 號

海上絲綢之路基本文獻叢書
南海百詠續編

著　　者：〔清〕樊封
策　　划：盛世博閲（北京）文化有限責任公司

封面設計：鞏榮彪
責任編輯：劉永海
責任印製：張道奇

出版發行：文物出版社
社　　址：北京市東城區東直門内北小街 2 號樓
郵　　編：100007
網　　址：http://www.wenwu.com
郵　　箱：web@wenwu.com
經　　銷：新華書店
印　　刷：北京旺都印務有限公司
開　　本：787mm×1092mm　1/16
印　　張：15.75
版　　次：2022 年 6 月第 1 版
印　　次：2022 年 6 月第 1 次印刷
書　　號：ISBN 978-7-5010-7563-8
定　　價：98.00 圓

總緒

海上絲綢之路，一般意義上是指從秦漢至鴉片戰爭前中國與世界進行政治、經濟、文化交流的海上通道，主要分爲經由黄海、東海的海路最終抵達日本列島及朝鮮半島的東海航綫和以徐聞、合浦、廣州、泉州爲起點通往東南亞及印度洋地區的南海航綫。

在中國古代文獻中，最早、最詳細記載『海上絲綢之路』航綫的是東漢班固的《漢書·地理志》，詳細記載了西漢黄門譯長率領應募者入海『齎黄金雜繒而往』之事，書中所出現的地理記載與東南亞地區相關，并與實際的地理狀况基本相符。

東漢後，中國進入魏晉南北朝長達三百多年的分裂割據時期，絲路上的交往也走向低谷。這一時期的絲路交往，以法顯的西行最爲著名。法顯作爲從陸路西行到印度，再由海路回國的第一人，根據親身經歷所寫的《佛國記》（又稱《法顯傳》）一書，詳細介紹了古代中亞和印度、巴基斯坦、斯里蘭卡等地的歷史及風土人情，是瞭解和研究海陸絲綢之路的珍貴歷史資料。

隨着隋唐的統一，中國經濟重心的南移，中國與西方交通以海路爲主，海上絲綢之路進入大發展時期。廣州成爲唐朝最大的海外貿易中心，朝廷設立市舶司，專門管理海外貿易。唐代著名的地理學家賈耽（七三〇～八〇五年）的《皇華四達記》記載了從廣州通往阿拉伯地區的海上交通『廣州通夷道』，詳述了從廣州港出發，經越南、馬來半島、蘇門答臘半島至印度、錫蘭，直至波斯灣沿岸各國的航綫及沿途地區的方位、名稱、島礁、山川、民俗等。譯經大師義净西行求法，將沿途見聞寫成著作《大唐西域求法高僧傳》，詳細記載了海上絲綢之路的發展變化，是我們瞭解絲綢之路不可多得的第一手資料。

宋代的造船技術和航海技術顯著提高，指南針廣泛應用於航海，中國商船的遠航能力大大提升。北宋徐兢的《宣和奉使高麗圖經》詳細記述了船舶製造、海洋地理和往來航綫，是研究宋代海外交通史、中朝友好關係史、中朝經濟文化交流史的重要文獻。南宋趙汝適《諸蕃志》記載，南海有五十三個國家和地區與南宋通商貿易，形成了通往日本、高麗、東南亞、印度、波斯、阿拉伯等地的『海上絲綢之路』。宋代爲了加强商貿往來，於北宋神宗元豐三年（一〇八〇年）頒佈了中國歷史上第一部海洋貿易管理條例《廣州市舶條法》，并稱爲宋代貿易管理的制度範本。

元朝在經濟上採用重商主義政策，鼓勵海外貿易，中國與歐洲的聯繫與交往非常頻繁，其中馬可·波羅、伊本·白圖泰等歐洲旅行家來到中國，留下了大量的旅行記，記録元代海上絲綢之路的盛况。元代的汪大淵兩次出海，撰寫出《島夷志略》一書，記録了二百多個國名和地名，其中不少首次見於中國著録，涉及的地理範圍東至菲律賓群島，西至非洲。這些都反映了元朝時中西經濟文化交流的豐富内容。

明、清政府先後多次實施海禁政策，海上絲綢之路的貿易逐漸衰落。但是從明永樂三年至明宣德八年的二十八年裏，鄭和率船隊七下西洋，先後到達的國家多達三十多個，在進行經貿交流的同時，也極大地促進了中外文化的交流，這些都詳見於《西洋蕃國志》《星槎勝覽》《瀛涯勝覽》等典籍中。

關於海上絲綢之路的文獻記述，除上述官員、學者、求法或傳教高僧以及旅行者的著作外，自《漢書》之後，歷代正史大都列有《地理志》《四夷傳》《西域傳》《外國傳》《蠻夷傳》《屬國傳》等篇章，加上唐宋以來衆多的典制類文獻、地方史志文獻，集中反映了歷代王朝對於周邊部族、政權以及西方世界的認識，都是關於海上絲綢之路的原始史料性文獻。

海上絲綢之路概念的形成，經歷了一個演變的過程。十九世紀七十年代德國地理學家費迪南・馮・李希霍芬（Ferdinad Von Richthofen，一八三三～一九〇五），在其《中國：親身旅行和研究成果》第三卷中首次把輸出中國絲綢的東西陸路稱爲『絲綢之路』。有『歐洲漢學泰斗』之稱的法國漢學家沙畹（Édouard Chavannes，一八六五～一九一八），在其一九〇三年著作的《西突厥史料》中提出『絲路有海陸兩道』，蘊涵了海上絲綢之路最初提法。迄今發現最早正式提出『海上絲綢之路』一詞的是日本考古學家三杉隆敏，他在一九六七年出版《中國瓷器之旅：探索海上的絲綢之路》中首次使用『海上絲綢之路』一詞；一九七九年三杉隆敏又出版了《海上絲綢之路》一書，其立意和出發點局限在東西方之間的陶瓷貿易與交流史。

二十世紀八十年代以來，在海外交通史研究中，『海上絲綢之路』一詞逐漸成爲中外學術界廣泛接受的概念。根據姚楠等人研究，饒宗頤先生是華人中最早提出『海上絲綢之路』的人，他的《海道之絲路與昆侖舶》正式提出『海上絲路』的稱謂。選堂先生評價海上絲綢之路是外交、貿易和文化交流作用的通道。此後，大陸學者馮蔚然在一九七八年編寫的《航運史話》中，使用『海上絲綢之路』一詞，這是迄今學界查到的中國大陸最早使用『海上絲綢之路』的人，更多地限於航海活動領域的考察。一九八〇年北京大學陳炎教授提出『海上絲綢之路』研究，并於一九八一年發表《略論海上絲綢之路》一文。他對海上絲綢之路的理解超越以往，且帶有濃厚的愛國主義思想。陳炎教授之後，從事研究海上絲綢之路的學者越來越多，尤其沿海港口城市向聯合國申請海上絲綢之路非物質文化遺産活動，將海上絲綢之路研究推向新高潮。另外，國家把建設『絲綢之路經濟帶』和『二十一世紀海上絲綢之路』作爲對外發展方針，將這一學術課題提升爲國家願景的高度，使海上絲綢之路形成超越學術進入政經層面的熱潮。

與海上絲綢之路學的萬千氣象相對應，海上絲綢之路文獻的整理工作仍顯滯後，遠遠跟不上突飛猛進的研究進展。二〇一八年厦門大學、中山大學等單位聯合發起『海上絲綢之路文獻集成』專案，尚在醞釀當中。我們不揣淺陋，深入調查，廣泛搜集，將有關海上絲綢之路的原始史料文獻和研究文獻，分爲風俗物産、雜史筆記、海防海事、典章檔案等六個類别，彙編成《海上絲綢之路歷史文化叢書》，於二〇二〇年影印出版。此輯面市以來，深受各大圖書館及相關研究者好評。爲讓更多的讀者親近古籍文獻，我們遴選出前編中的菁華，彙編成《海上絲綢之路基本文獻叢書》，以單行本影印出版，以饗讀者，以期爲讀者展現出一幅幅中外經濟文化交流的精美畫卷，爲海上絲綢之路的研究提供歷史借鑒，爲『二十一世紀海上絲綢之路』倡議構想的實踐做好歷史的詮釋和注脚，從而達到『以史爲鑒』『古爲今用』的目的。

凡例

一、本編注重史料的珍稀性，從《海上絲綢之路歷史文化叢書》中遴選出菁華，擬出版百册單行本。

二、本編所選之文獻，其編纂的年代下限至一九四九年。

三、本編排序無嚴格定式，所選之文獻篇幅以二百餘頁爲宜，以便讀者閱讀使用。

四、本編所選文獻，每種前皆注明版本、著者。

五、本編文獻皆爲影印，原始文本掃描之後經過修復處理，仍存原式，少數文獻由於原始底本欠佳，略有模糊之處，不影響閲讀使用。

六、本編原始底本非一時一地之出版物，原書裝幀、開本多有不同，本書彙編之後，統一爲十六開右翻本。

目録

南海百詠續編

南海百詠續編

四卷

〔清〕樊封　撰

民國二十四年南海黄氏刊《芋園叢書》本

南海百詠

續編

南海伍澶彝署檢

續南海百詠序

孔子論杞宋謂其文獻不足足則能徵之文獻孤繫之重如此後來馬貴與本此意著通考大抵獻尤重於文非獻即無以傳文也昔方孚若撰南海百詠皆七言絕句題下繫以考訂咸得之親歷庶幾文獻足徵粵東方志取以爲依據吾友樊昆吾先生號稱淹雅稽文考獻遂有續編蓋方氏詳於古昆吾更詳於今於
國初藩下事如數家珍往往人所未知非通才不辦也其書視方氏體例小變分名蹟遺構佛寺道觀神廟祠

宇冢墓水泉八類每類總提其綱小目分附詩後並雙行夾註以詳掌故書成示余允堪繼美亟勸其付手民以公諸世欲通今者當奉爲要笈若昆吾可謂今之獻而能傳以文者歟爰敘其崖略以弁簡端

七十二病叟香石黃培芳書於羊城之嶺海樓時道光己酉冬日

維桑與梓聿垂恭敬之文某水某邱用識釣游之地而況事關家國義繫綱常迹合幽明典兼文獻者乎此吾友樊子昆吾續方孚若南海百詠所以爲必傳之作也昆吾鐵嶺世家穗城老宿詩探五際學貫九流以其暇日乃箸斯編考地志之自爲註解見於楊衒之洛陽伽藍地志之自爲詩歌見於逎賢之河朔訪古是編參其體例加以變通句定七言條分八類詩必有註註必求詳思古賢而憑弔如聞楚些之歌撫勝蹟以低徊詎等齊諧之志神威享祀叢祠猶樹靈旗血戰勳名荒塚僅

畱片碣法門梵教自有傳燈香閣幽芳豈無賸士五百年之軼事蒐討於蟫殘蠹蝕之餘千萬眾之精魂闡揚於凱墨管城之下而且敘兩藩之克捷彙欽昭代之武功表一死之忠貞不沒前朝之毅魄尤足以維持世敎激勵民彝至於眄高臺於北郭石碑鐫俯耿之名訪遺構於東皐鐘鼎鑄屈陳之字以及六渠可考四井堪稽馬明誤作馬鳴黃木譌爲黃埔莫不捫苔剔蘚錄其文辭窮流溯源審其水脉既釋疑而徵信亦辨僞以存眞則此百詠也洵足爲粵志之外篇豈特爲方詩之後勁

已哉出以見示屬爲弁言披覽兼旬率題儷語道光己
酉臘月番禺張維屏

南海百詠續編目録

卷一

名蹟

黃木灣　浮練山
禺珠岡　蘿岡洞
龍眼洞　菱塘司
　遺搆
鎭海樓　拱北樓
賜書樓　福地巷
看竹亭　參卿坊
鐵局　小東營
海雪堂　洛墅

西禪寺　華林寺

長壽寺　皇華寺

永泰寺　白雲庵

景泰寺　海珠寺

海幢寺　大通寺

海雲寺　懷聖寺

道觀

五仙觀　元妙觀

三元宮　應元宮

卷三

神廟

東山眞武廟　東臯武廟
火神廟

祠宇

盧公祠　石將軍祠
何公祠　楊公祠
僉公祠　陳公祠
峴山祠　石大司馬祠
蔡將軍祠　石公祠
李威勤祠　牛公偶憩祠

卷四

冢墓

皇朝高州鎮總兵官盧可用墓

王姑墳

皇朝驍騎將軍范士信墓

皇朝驍騎將軍管良忠墓

皇朝左翼鎮總兵官班志富墓

皇朝漳州鎮總兵官張士選墓

共冢

明太僕寺少卿霍子衡墓

水泉

皇朝韶州鎮總兵官田雲龍墓

皇朝懷遠將軍董必吾墓

皇朝誥贈中憲大夫程僊墓

皇朝游擊將軍孫友朋墓

皇朝右翼鎮總兵官尙之廉墓

尙之傑李天植等共冢

明虎賁將軍王興墓

明禮部員外郎屈士熺墓

南海百詠續編卷一

瀋陽樊　封　昆吾

名蹟

空心樓

在省垣西北隅堅碉峻聳形如犄角灰槽礟眼上下密排斜壓西山爲西北兩面最要之險汎順治庚寅王師炊粵克城奏績處也

百道梯衝敂郭門內援空盼范承恩登陴莫踏城頭草刼火無灰血有痕

順治三年官軍征粤十二月我總兵佟養甲副將李成棟等攻克廣州執其城主朱聿鐭置其臣蘇觀生誅之明年撫定各郡邑尋 授養甲爲總督成棟爲提督以安輯諸路成棟故降寇時萌怨望五年江西鎭將金聲桓踞南昌以叛潛使人通於成棟會肇慶乏餉成棟陰嗾諸悍卒誘執養甲而奪其印綬遣人迎明永厤王於南甯遂據肇慶爲行都自進爵惠國公於是廣東復陷冬成棟出師援贛州敗歿於信豐永厤以其偏將杜永和爲總督守廣州羅成曜爲總兵守韶州其勢頗張六年四月調尚耿兩藩於海州五月入 覲改封尚可喜爲平南王耿仲明爲靖南王各統所部配以徵兵同取廣東並諭以奠定之日卽藩守兹土兩王准挈帶眷口由天津水程遄行九月朔兩藩大會徵兵於江甯十一月抵江西平藩駐眷於臨江靖藩駐眷於吉安是月靖王薨于軍世子耿繼茂權領藩事十二月塱師次贛州敵將楊傑董洪信悉力禦守南雄而不設備於庾嶺廿八日我師度嶺亥刻環其北郭游擊陳武奪其東山

大礮臺官軍三面疾擊遂克其城諸將就州城度歲七年正月三日師抵韶州羅成曜先通州倅許元庸率衆迎降而仁化翁源土寇蜂起或稱賴軍門或號十三營翻天營龍虎營莫不聯壇結堡以抗官軍平藩乃分遣總兵班志富吳進攻率鐵騎搜剿之逾月始肅清定議兩路取省城兩藩從陸許爾顯領礮械輜重從江二月朔同日並發四日陸路兵抵從化縣令季奕聲出降其人廉明最得民心仍命爲令六日抵省城敵守備頗嚴平藩四察州原謂諸將曰羊城三面阻水可攻者僅西北一隅而東西關廂礮臺木柵林立田塘阻隔馬不得逞惟築長圍以困之一戰可克也乃兩哨分屯平王兵營於白雲山東靖王兵營於白雲山西啟爐九龍坑以鑄礮造攻具復調江西廣德鎮郭虎贛州鎮高進庫九江鎮先啟玉各領兵二千來廣分討各郡永麻聞廣被圍遣將來援而陳邦傳之兵泊於清遠馬吉翔之兵駐於三水觀望不敢前相持數月其城守總兵范承恩通款於我擬決西壕之瀦水爲內應然卒無實信也十月鑄礮攻

具皆成江西三鎮兵亦齊集三十日班志富統前鋒克其西關礮臺盡焚其木柵許爾顯決其土壩壕水皆竭人馬通行無阻十一月朔葦新礮七十六位列於城西北隅之高岡橫列里許初二日黎明我兵燃礮疊擊雉堞全摧午刻城崩三四十丈軍士拔釜爭登敵之矢石若雨枕尸山積平王方立馬督戰參將何景貴曰日暮矣城弗克礮且全失〻不身先誰肯舍命耶王乃馳至礮所將士益奮礮聲如愁雷煙焰類毒霧酉刻城身漸平敵人投火炬以禦我兵衆逡巡間平王揮劍曰敢退者斬驍將孫得才大呼曰王先越壕城斯克矣王縱轡逾壕水及馬腹既濟棄馬將登城萬衆譟呼肉薄以升於是大城乃克時己二鼓矣杜永和率其將張月李建捷李元允吳文獻等開南門航海遁瓊南生獲范承恩數其罪誅之初入日兩王整旅入城平藩守東麗譙靖藩守西麗譙樓查封倉庫懸榜安民焉諸將呈俘獲計得王印一候印三銅關防四十有一大小礮五百廿二馬七百六十餘甲仗無算此庚寅年十一月初二日克城之

始末

也

靖王府

在省垣正烈坊明季之提督行署也佔地八十

畝有奇制式雄駿爲闔郡公廨之最今爲鎮粤

將軍衙門焉

雕梁畫壁擬臨春棨戟門蹲白玉麟六載爲他人作嫁

影頤誰解羡沉沉

順治九年兩藩請於省會適中營造藩邸靖王尤驕

奢踰制宅門內僭用九楹大門前石獸晶瑩若玉採

諸肇慶七星巖工役無限大爲民累高要令楊雍建

苦之尋擢給事中因疏陳廣東一省不堪兩藩並建

請量移一藩以蘇民力疏下所司議復十八年耿繼茂徙鎭福州是邸遂封閉康熙元年尚之孝擢藩下都統因取爲公署未幾撤藩二十年改爲將軍衙門術者因杭鄰六榕浮圖不利居者三十四年將軍拜音達禮以年 覲道出廣信謁張眞人於龍虎山將乞厭勝之術甫就坐有赭衣道人趺踞楹南眞人謂將軍曰虔祈此師當有神應果祈之道人曰宅煞細故以文字鎭之自占索紙大書泰山石敢當五字末題純陽子書擲筆而逝將軍驚謝眞人今日呂祖値殿公幸遇之福緣無量也因奉以還勒石東廊與浮圖遥對閣署貞吉樓爲仙筆碑字逾九寸出入虔備間

案尚之孝平南王庶長子也幼隨父鎭所順治十四年補衞 京師十八年擢平藩下都統同鎭廣州康熙十三年撤藩議起已革平西親王吳三桂反於雲南四方煽動四月朝州鎭總兵官劉進忠叛應之逆黨蔣陳奠等分踞程鄉鎭平平遠三縣劉斌踞普甯海賊鄭經復爲之聲援東路大擾八月之孝統兵進定

普甯斬其酋陳璉等提督嚴自明亦攻復程鄉三縣遂合兵趨潮城十二月克其東津各礮臺獲僞提督金漢臣而鄭經之盜艘大至屯於鳳皇洲髡賊何左虎營於分水關進忠守城彌固相持月餘會歲暮官軍退屯普甯十四年二月之孝復進攻潮城賊保礐毋山游擊高亮正以子母礮擊賊營賊不能支騎兵復分隊蹂躪賊將奔矣而之孝張蓋立馬於山巔以督戰賊望見爭趨之之孝奔避萬賊從而躁呼官軍敗績死者萬人仍退守普甯六月 上命佩征南大將軍印規取潮城屢戰無功退保惠郡十五年十月廿九日平南王薨於廣州之信遣人至惠州勒取金印之孝納印綬返羊城守父制焉

金光寓舍

在省垣古藥洲北與平邸相隔一垣前鴻臚寺卿金光寓舍也藩府有便門與光舍可通往來

撤藩後界其舍爲二所一爲撫標中軍參將署
一爲旗民通判署

智順軍中有智囊九天馳語問金光居人骨肉誠難事
奪嫡由來召亂亡

光浙江義烏縣學生明亡流寓京都兩王南征因龔
芝麓尚書薦遂爲平藩掌書記多智術通世變左足
微蹇藩府呼爲跛金尚王賴倚任之廣東甫定佛山
鎮有奸民江鵬翥等謀逆諸將擬剿洗之光不從出
奇計縛其渠魁餘黨解散不妄戮一民平王上其功
優旨嘉獎授鴻臚寺卿銜藩下人向無考試例
王用光之言請藩屬生員得與京旗一體應鄉會試
部議從之大城底定之初藩兵牧馬城內踞學舍爲
兵房而郡庠尤遭踐踏光倡議修復吏捐貲製造祭
器樂器時界外海之禁頗嚴沿海五縣流民失業將聚

爲盜光草疏授王爲民請弛海禁雖格於議而時論
韙之藩軍藉勢擾民光因番禺紳士邱象升之訴力
陳於王前痛懲悍卒罪其首領官十餘人勒厲禁於
四城敢有强占人子女入居民屋及豪奪財物者斬
無赦廣民從此賴安康熙五年令汎戰船告成分撥
將弁案汎操防因慮藩兵滋擾乃勸王設循環簿照
會督撫轉發所屬州縣其照帖云凡有投獻莊田逋
欠國課窩局賭騙准折子女以及短價强買酗酒凌
人者准地方官鎖拏究辦倘有意縱徇罪同本犯發
此簿以憑逐日登記季終具報務令藩丁奉法良善
得安田園云云平南鎭粵凡二十有八載光翊贊大
都類此世子之信寵而好弄平南起於戎馬不知愼
簡師傅以爲訓迪致成狂暴平南恆憤咤欲死而庶
子之孝並僞爲恭儉厚結藩屬隱有奪嫡之心光爲
平南畫策請解兵柄歸老海州更言世子不肖願將
世爵給之孝承襲世子知之恨金光刺骨矣康熙十
三年三月朢日吳三桂反於雲南六月初三日耿繼
茂叛於福建平南方臥病之信權府事潛通款僞周

慮光洩其耗遂以毒酒斃光平南蓋不知也觚賸乃
謂光媚從世子之所爲凡聚斂病民之舉咸光導之
藩府富甲天下光富亦
埒於王矣不亦冤哉

五羊驛

在新城清水濠湖廣會館南今爲番禺縣郵驛
公所　國初尚之信羈候處也

裂土擔圭百粵東爾翁如虎弟如熊開門坐聽人穿鼻
悽絕城南輔德公

案國史稿尚之信鑲藍旗漢軍平南親王尚可喜嫡
長子也幼隨父鎮所年十九入　侍賜一等公爵
在　阿哥所諳達上行走康熙十年奉　旨回鎮
侍父疾十三年平南王請老部議以藩臣無乞休子

襲之例令撤藩回京會吳逆叛　詔加可喜親王
暫留廣東以備攻剿　授之信討逆將軍印規取
潮州十五年春平南臥病之信權藩務吳三桂遣人
誘使從逆總兵孫楷宗副將趙天元咸受偽秩之信
亦受輔德開國公偽印迫平南薨遂奪之孝兵柄陰
與海賊鄭經講和三桂脅使出兵抗拒王師之信疑
懼賂以庫金十萬兩乃已復與偽親王印之信益不
自安使人赴征南將軍珠瑪喇軍求其代奏闔屬悔
罪情願立功贖罪狀十六年三桂使賊將董重民爲
兩廣總督來踞肇慶謝扶厥爲定海將軍屯踞珠江爲
之信縛二賊獻　大軍並上疏返正得　旨嘉獎秋
吳世琮犯梧州　詔之信赴援之信以潮警爲辭
不敢出兵而征南將軍之兵旣克韶州疾救梧州之
信不具備舟楫致愆軍期有　旨切責十七年三
桂伏冥誅之信膽始壯乃疏請進定廣西　詔加
奮武大將軍承襲平南親王爵十八年師次橫州聞
吳世琮寇南甯恇懼退返廣州詭以疾作就醫以其
衆付征南將軍莽依圖俄而逆黨范齊韶武宣郚撤

促其收復之信益遷延觀望至十九年三月聞賊黨張
已散始統隊恢復武宣而以大捷上聞適有部將張
士選叩閽告變事 上遣刑部侍郎伊昌何赴粵
查辦四月 欽差至廣州令藩下參領李文科蕭
敕至武宣調之信就鞫之信大恐即日上疏自辯
頃奉 硃批云前張永祥等首告爾諸不法事朕
欲明其虛實故令爾來京並非以彼言皆實必欲治
爾以法也爾其安心來京之信俯首就逮及至廣州
覊候於五羊驛館禁藩屬勿使往來七月將啟程矣
忽有藩府長史李天植副都統尚之傑等戕殺都統
王國棟一家巡撫金儁騰章上變奉 旨嚴訊護
衛田世雄質證無隱訊逆之信獄成馳奏得 旨
故平南王尚可喜航海歸誠效力行間久鎮粵東著
有勞績及吳逆反叛堅守臣節不肯從逆爲逆子尚
之信所迫憤恨殞命朕每念及深爲憫惻其妻舒氏
胡氏從寬免死並免籍沒尚之孝尚之璋及諸幼弟
免革職枷責皆令來京尚之信罪大惡極不忠不孝
本當依律處斬念其係受王封姑從寬賜令自盡尚

之傑之璵之瑛革去副都統與李天植等俱即處斬
其應籍之資財留充廣東兵餉是年九月之信賜死
於府學名宦祠前尚之傑李天植等斬於拱北樓南
嗣奉 上諭尚之信雖經犯法其妻子不可淩辱
可着人護送來京向聞廣東有大市小市之利經藩
丁霸佔可詳查仍還民間其藩庫舊蓄之私稅盡行
撥充國賦以佐軍需各省商販有投入藩下者應察
出以復舊制是時藩兵八千餘方討潮州梧州各處
多惶惑私逃 上諭藩兵曰平南王藩下官兵本
朝豢養四十餘年世受國恩至爲優厚初無欲行解
散之心爾衆宜釋去嫌疑各保身家以副朕恩養保
全之至意尋命內大臣尚之孝將藩下舊十五佐領
官兵全撤回京另調京營八旗漢軍兵三千挈眷赴
粵駐守移鎮潮將軍王永譽統帶之永資海疆之捍
衛焉

平王馬圈

在東山前撤藩後地歸番禺縣乾隆初鹽商等採其故址建立青嬰堂焉今大東門外所稱騆馬岡及馬湟水諸處皆當年牧地禁民不得耕種者也

微雨澆春儉草蘇校人星急調生芻廣民恨不爲王馬飽飼香粳戲綠蕪

兩藩戲馬數逾萬匹省垣既定散豢於城中順治十年山東藩司胡章調任廣東途次聞己署爲藩卒占踞養馬郎疏劾兩王縱兵擾民諸罪狀下部議於是廢圃悉徙城外平王之馬豢於東山靖王之馬豢於西山近廓三四里內禁民勿得耕種以資牧放嗣因粤草鹹苦馬羣不繁乃取遼東草種遍植近郊今東

校塲尚有其萌芽土人呼爲馬鞭
草即元世祖宮苑中之示儉草也

靖馬王園

在西山下今西關第一津其草塲夙洗馬灘金
絲灣諸處尚沿用舊名

龍媒東去牧仙霞舊櫪新槽委亂沙桑者遂耕無稅地
不栽春蓓種桃花

順治十七年靖王移鎮福建馬廏荒廢居民私墾爲
塲圃菜畦桑落環植夭桃春紅遠近不減武陵苕溪
焉好事者榜其里門曰桃源初無地稅也康熙廿一
年設立八旗駐防其地圈歸旗境將軍王永譽奏不欲
奪民恆產量加薄賦永與管業自桃源迄金絲灣一
帶咸納旗租每歲右司庫入八十餘兩報部支銷云

移民市

在西關第一津國初時番禺縣安插無業蛋民於泮塘西村諸處此其貿易之集場也今訛作宜民

牽船聲解傚張融澤國迢遥厲禁封蝦菜莫愁無覓處披蓑權作荔枝農

康熙元年臺逆鄭成功流刧閩廣洋面句煽沿邊蛋民官軍疲於奔命於是界海清野之議興二年侍郎科爾坤來粵勘明潮州之近洋六廳縣廣州近洋之番禺東莞新安香山順德新甯六縣所有沿海蛋民悉徙內地一切田園廬舍槩行拆毀地方文武嚴查其出入以杜海寇之接濟一時失業者咸聚珠江巡

撫李士楨乃令各縣分地安置無令失所番禺蛋戶約萬人遂擇柳波涌以及泮塘西村准其結寮棲止此輩網耕罟耨不曉耕作惟日售其篙艫以謀糊口第一津前晨夕貿易罔非此輩積久成市漸有居廛市井因號曰移民市焉事詳於里人郭爾戺採蓉橋碑記

鳳皇岡

在珠江南近大黃滘口國初稱水軍寮舟師操防處也

舞鳳岡西戰舶聯牙檣錦纜耀晴川被他一夜蠻風雨傳說孫恩化水仙

兩王定粵收撫海寇周玉李榮其所統之夷舶巨艑及精銳健卒咸歸水師總兵張國勛節制二八以收

捕徵勞亦賞加遊擊銜然狠子野心時出剽掠也至界海禁起二人舊巢咸在界外田廬境墓毀棄無餘心不能平口出怨謗平王微知之特調二人之舟屯泊於鳳皇岡前官軍分泊守之二人益心疑康熙二年秋巡海差竣詭稱反里遷葬揚帆出口糾合諸流亡以請弛海禁爲名馳人省河大焚東順新香諸卡汛擄奪餉船及 欽差馬船殺江門遊擊張可久遂直犯珠江時水師赴剿高廉省河空虛賊勢彌張焚掠白鱔船客航無算火光燭天此十月十五日事也十七日東犯石龍西攻佛山東西路梗渡船不通大城戒嚴總兵班際盛乃僱募紅單船分扼要害廿二日戰於覺尾官軍失利賊分道四劫廿五日攻陷順德執縣令王允祿偽諭於縣門自稱恢粵大將軍誘民助逆俄而四方赴援之舟師畢至賊亦聚扼珠江平王分調諸將水陸夾擊三十日大戰於珠江參將劉文煥遊擊薛虎苗英等統巡船迎擊賊少却而參將劉光宗遊擊張有才佐領王運昌分擊其左右草船木筏順風縱火賊舟焚燬殆半遂大敗遁生擒

周玉及僞軍師林邦輔暨王母周梁氏竝奪回縣令王允火艭墜水者無算李榮駕漁舠遁去我兵追及大石海口始還次日磔逆黨於市珠江乃平李榮之遁也復嘯聚大鵬海口三年四月高州凱旋總兵張國勛承王命往討之先擒賊父李亭母李黄氏榮伴乞降舟至潭洲復遁去孑身洋面不知所終焉迨撤藩之後斯岡遂廢乾隆十九年設立軍標水師旗營仍在岡前泊船操防雖無礮臺墩堡而形勢所居控扼三江實省垣之外護也嘉慶十四年海賊張保猖掠省河七月二日犯黄滘遙見鳳皇兵屯嚴整不敢逼大城西掠三山平洲而已道光二十一年嘆夷犯順二月廿五月亦取道黄滘攻省城爲旗兵所敗熸其三桅火輪船三號艭夷百人次日即卑詞乞撫蓋狡夷自恃船堅礮利橫行海疆然一敗於廣州鳳岡再敗於福建臺灣可知中華軍威原足以制犬羊也特將之紀律人無固志望賊輙逃者遂比比然矣廿三年大吏徙水師旗營於東礮臺閒地舉此要害重汎付諸綠營有心者不能無議焉

石門

在郡西北三十里雙厓雄峙一水中流由漢迄明爲戰守必爭之地乾隆之末沙流漸改水多阻隔估航市舶改從通濬至省石門遂成僻境道光十八年大中丞祁公嘗疏浚之然水不刷沙今又阻淺矣

鬼面蒼厓繡錯痕寒濤吹雪潄雲根千春戰地誰來訪紅白花深鎖石門

順治庚寅王師水陸並趨省城正月晦克清遠二月溯師次石門明將施㷧然列艦截拒我兵焚其舟敵

人大潰因留戰船守備石門以防肇慶之援兵永厤聞省垣被圍遣將馬寶郭登第統鐵騎趨救與大奎遇於石門我步軍敗潰大奎死焉飛虎方泊對岸畏怯不敢救急乘風抵省城事聞平王數飛虎之罪斬之以狥諸將請剿石門王曰杜永和之援軍方屯聚石門石門之民敢不助戰乎張大奎死於杜永和非死於石門百姓也吾奉辭伐罪以定疆宇誅其渠魁赦其脅從而已濫殺何爲衆乃止

觀音巖

在英德縣東三十里峭崖插江中有巨洞別無奇異明以前不見紀載即圖經之湞石山也我朝順治十五年總督王國光舟次巖下有禱而應始架棟爲屋宇鑿大士像於石壁從此遂

爲往來登眺勝境康熙六年平南王尚可喜閱
師韶州登而瞻禮乃廣置祭田增飾佛座而感
應尤赫云

涼飆吹落九天鐘一簇樓臺裏玉蓉貞珉恐爲雷電取
洞門常遣守蒼龍

巖內闃黑須秉炬乃可遊平王鑿石以漏天光景物
遂異厓左有紀事碑其文曰英德上游距縣二十餘
里懸厓臨江高聳千尺爲觀音巖杳冥其陡絕亦一創
闢奇觀也第游流急湍艤舟匪易往來者或未得快
意登眺焉不穀於庚寅之春提師恢粵軍行自陸抵
省無由物色闢此一十餘年軍旅匆匆虔晤未遑今
丁未孟春因瞻禮南華勝跡順流登覽展謁金僊大
士見江流清深石厓秀琢天工人巧誠仙靈之奧窟

幽隱之梯航也特以地僻人希資給常苦不足不穀因招延緇衆凡香燈之供廩食之給不穀源源支給庶垂之永久用縣勝觀爾康熙六年仲春平南王尚可喜記碑藏厓際人無知之者道光壬辰予泊舟厓下搜讀之錄其文以歸書法雄偉不類尚藩他碑或曰幕客金光手筆未可知也

湞陽峽

由省達韶必歷湞陽三峽厓峻湍急役夫牽船三百餘里攀躋最爲艱辛宋嘉祐六年轉運使榮禋始由峽後鑿爲棧道以通舟楫明嘉靖四年府判符錫復開通舊徑以省迂迴爲山橋十二以濟纜夫然山潦衝刷危險處不遂於武丁

左擔也

一水如刀破險來鯨牙虎尾信堪哀是誰啟出羊腸阪直接南禺帝子臺

明亡永厤潛踞肇慶屯重兵於大廟峽以拒我師鋤斷纜路以杜往來康熙元年南甸大定平王乃大修之知縣王應華勒石於王城山以紀厥役道光五年總督阮文達復捐修之增山橋十七處至溪谷之交更壘石爲康莊坦途行者樂之呼爲阮公棧云公亦有題名碑在首仔峽口屬吏鄒鎮方筆也附錄王應華碑文曰清遠大廟湞陽二峽居廣韶之交爲嶺南要途而大廟之眠羊獅子湞陽之牛牯尤稱奇險平南王底定粵東之第十有三年乃捐貲鑿而平之經始於壬寅年正月落成於本年冬月督役者爲藩下章京吳守德吳廷桂張廷棟胡成章暨長壽寺僧人寶行謹勒諸壁以紀紀月日

蓮花城

在郡東百里獅子洋口石礪山之巔奇峰攢翠下瞰虎門爲省會第一重關鍵明萬厤四十年邑紳李維鳳等建塔山巔以爲海船表望康熙元年界海令下地方大吏築磚城於此以爲稽查重汛號曰蓮花城

滄溟誰解制黿鼉滿擬艅艎試碧波鐵聚六州成此錯幾時怨口得銷磨

山城建於巡撫王來任駐以水師遊擊大員以稽查蛋船出入復築沿海礮臺八十四座添設木樁水栅

百餘處迨海氛靖謐厲禁既弛是城空廢道光辛丑暎夷禍起當事操切過急次揆琦公思有以羈縻之嘗約其大酋二十三人會話於此城事機既密訛議沸興於是兵戎頓起爲國之大賊後夷航過此猶指顧太息云

黄木灣

在郡東波羅江口即韓昌黎南海神廟碑所稱扶胥之口黄木之灣是也土語訛爲黄埔爲省河要津近爲夷人停泊所矣

黄木灣頭寄畫橈高荷大芋接團焦怪他蠏舍春風緊
鶯粟花開分外嬌

阿芙蓉即罌粟花漿和砒石而成膏者也夷人特以流毒中原其禍至烈　聖天子仁育萬類欲挽澆風起而禁之誠轉移之大機而奸商狃於肥己多方撓亂大司馬莆田林公竭盡忠誠卒之鮮濟茲則斬山爲屋架樹成村百弊叢生阿芙蓉之毒不止遍布東南已也

浮練山

在石礪山西與香山之浮虛峰遥遥相對中有巖洞天成堂廡老衲架屋棲息雲中雞犬恍同世外去巖不半里爲廣善巖境尤幽奥惜僻處重洋客航未易問津爾

畫眉高唱白雲堆烟冷松寮客未回蒼壁刺天經雨後

南海百詠續編　卷一　十四

明明仙篆寫靈雷

山以石礪爲屏蔽外隔獅洋內通溪澗潮田數頃峯巒若畫當春陰蒸蔚之時危崖平面隱隱有雲篆雷三字縱橫逾丈若隸若篆筆畫分明其字作青白色與崖色迥別若晴霽視之則無有亦奇跡也孔綸庭謂肇慶之茶托岡絕壁上現父母兩字字畫闊寸草不生比此尤奇乾隆間海寇掠邊村人避兵是間皆住千家焉

禺珠岡

在郡東三十里危巒扼海控制東江康熙三年沿海添建礮臺此岡爲省河門戶故建臺獨大後廢今岡麓尚有遺址也

水泊虹梁海氣腥陰厓鬼火色晶熒長年指點山橋畔
曾覩遥空殞將星

國初時明之故輔陳子壯招納亡命以冀狂逞我師會於此岡下大破之降其黨周玉李榮等子壯走死高明焉暎夷犯順大吏募民勇環守烏涌邑洲石岡東埔及此岡壘土爲堞囊沙作城以屏衛敵礮而市人恇怯見賊輒逃不足恃者也二月蜀帥祥福來領是軍其人身經百戰績著西鄙羣稱爲祥老虎者莅軍之次日夷艦犯烏涌村人與壯勇挾嫌爭鬭不戰自潰互相踐踏祥公殉焉時論惜之

蘿岡洞

在郡東八十里危峰四拱一徑通入中亙數十餘里咸膏腴佳壤煙村星錯皆蒔梅種荔爲業

洞内有蘿峰寺玉巖書院堪停巾車冬、梅盛開

晶玉廿里眞同香雪海粵人多往遊焉

石髮林霙滑馬蹄東原小獵玉巖西風流四鎮歸何晚

鞚上梅花月裏韉

平玉鎮粵每届隆冬必躬領將卒圍獵於郊坰雖非從禽然借以馳驅習勞亦國俗也時藩下有四總兵盧可用班際盛田雲龍張國祿最握權要分班列隊櫜鞬乘騎以侍王獵日暮必會於看城烹鮮行酒賞梅爲樂今洞内猶有尖屯卡倫故址而尚王之放鷹臺里老猶能指其處也

龍眼洞

在郡東三十五里聯岡疊嶂中有巨村由宋至

明皆樊姓聚族而居丁齒最繁俗尙武健亦番禺一大村落也

刺竹驚風吼夜泉炊烟萬竈石城堅村翁偶聚榕根坐怕說庚寅血戰年

明亡土盜蜂起樊氏築壘自衛沿村浚壕密植刺竹雖雀鼠亦不能入復環築石墉啟四門通樵汲糧糗足而人武故寇無敢犯之者順治庚寅平王方營於東郊敵將杜永和堅壁清野以困我軍我軍果乏糧以厚値向樊乞糴樊不應且傷邏卒平王大怒曰吾以厚價和買且不迫爾以降亦云惠矣今抗頑若此不痛懲之何以示威三月朔命總兵許爾顯攻之村人苦鬬官軍失利復攜礮四面轟擊而礮丸及竹林輒墜落百計攻之不能克會霪雨洽旬軍人多死守備張文陞日以膏油噴洒其竹林乘風縱火其村乃

破屠戮頗慘輦其積穀三日
不能盡今石垣之南門尚存

茭塘司

番禺之分縣也外洋內河夷夏錯處治境盜案
至多康熙時有巡檢葉君玉者惠政感民民深
德之共鏤永賴堂額以懸其廳事至今猶存

反側真宜盡剗除循良深賴得分疏馬蹄夜踏江村路
比戶琅琅正讀書

康熙二年周玉李榮焚掠省河茭塘沙灣之蛋民陰
爲之助事定總兵官張國勳參將劉國保率兵搜捕
逆黨戰船屯泊茭塘居民惶懼司官葉君玉領耆老
泥首軍門力白勳逆者係蛋民非村民也國勳未信

將夜覘之君玉陰敎村民閉戶張燈咸讀書入夜官軍巡村偕查而書聲琅琅響徹里門國勛曰此絃歌之鄉安肯從逆因與父老約協擒助逆之蛋舟以歸村民艱憂以復生遂鏤永賴堂額以紀慈惠也

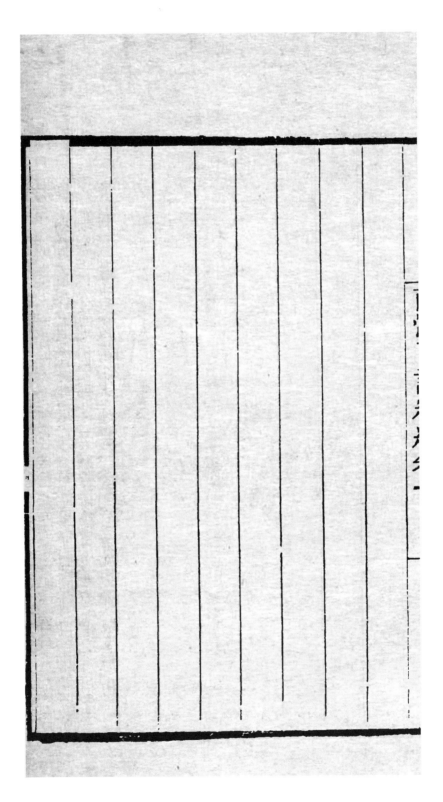

遺構

鎮海樓

在粵秀峰巔樓高五重明窗洞啟俯接滄溟爲三城雄鎮之表明洪武十三年永嘉侯朱亮祖建成化間都御史韓雍嘗修治之後燬於火嘉靖十五年提督張經重構遂爲登眺名勝 國朝亦兩次修復焉

萬井鶯花曉霧寒瑤窗洞達海天寬監奴易惑丹砂眼
特展朱幢亞字欄

省垣兩遭兵燹樓爲灰燼順治七年平王因形家言乃修復之旋因樓近王宮禁人登眺設官守之時宮人競畜鵓鴿其種有紫燕瑲灰東青諸品放之千里能一夕來歸遂有放鴿之戲每春秋佳日令監奴攜鴿至清遠峽山寺放之而插朱幡於樓檻以引鴿歸云撤藩後總督李棲鳳益增飾之繚以重垣旁啟月戶上祀文武帝君任人登眺詠觴茗麈遂無虛日才人祖席恆就乎此新城王文簡祭告南海嘗大會名流吟賞竟日榕門相國題楹聯云歲登大有人樂春臺覽勝直窮千里目海不揚波山皆獻瑞籌邊時上五層樓

拱北樓

在藩署南爲省垣適中之處唐清海軍樓也南漢時取爲象闕宋稱節度樓至明始有今稱代

有修輯樓上存貯元人銅壺漏一具晷刻銖黍
百年不爽官吏司掌晝懸時牌夜擊更柝滿城
視爲準則焉

玉漏銅龍報曉籌舊時淸海大軍樓銀幢鐵柱銷磨盡
賸此貞金鎮粵州

案漏造於元延祐三年都元帥馬速忽等捐鑄凡四
壺分上下四層位置上三壺底隅皆有細孔以滴水
筒覓承之以次遞注於箭壺壺中有浮箭隨水之高
下而浮出水面箭上刊勒時刻分數水與壺平則箭
刻亦盡役人于卯初一刻復挹其水於至上之壺又
別爲一晝夜矣嘗以官尺度之第一壺口圍八尺六
寸六分徑二尺六分底圍七尺八寸高三尺三寸第
二壺口圍七尺五寸九分徑二尺二寸底圍六尺八

寸五分高二尺五寸五分第三壺口圓六尺三寸徑一尺九寸一分底圍四尺八寸二分高二尺四寸五分第四箭壺口圍四尺四寸五分徑一尺三寸八分底圍同高三寸六分上三壺皆有蓋第一壺四周皆有款識字體天邪且糊糢不可讀捫認之皆當日官斯土者之銜名也明季西人利瑪竇故精於製造儀器者也欲仿其式無從著手焉

賜書樓

在西城官祿巷明大學士方獻尊藏明倫大典處也文敏不洽於鄉評大典有戾夫清議未幾而黃卷成塵紅樓易主矣

大典初刊大獄興神州板蕩此先徵黨人曲筆成私議

俯首何顏對景陵
樓燬于亂兵撤藩後歸入旗境今爲滿洲正紅旗官
馬圈堂墀柱楚尚多舊物校人嘗獲舊甎背有閣老
府磚富壽萬年字焉巷後即閣老府門堂未
改石坊仍存亦爲正黃正紅旗協領署也

福地巷

在西門擢甲里內明侍講學士倫文敍世居也
伯疇父子昆弟俱由儒士擢鼎甲一時榮盛故
里號擢甲巷名福地焉通衢尚存父子鼎甲坊

鼎甲頻掄世業堂金鍼繡出幾鴛鴦里稱福地同冠蓋
壁有蓮燈笏半牀

棻倫文敘宏治己未科狀元長子以諒正德庚辰科探花次子以訓正德丁丑科榜眼文敘官侍講諒官主事訓官祭酒故宅完好其世業堂尚存今爲水師佐領公署

看竹亭

在西門內詩書街明參議張詡別業也街因詡得名故宅改爲滿洲鑲白正藍旗協領公署別業半爲佛寺竹亭久圮惟詡之詠竹詩碑尚存武帝祠前字跡依稀可捫也

粉籜幽篁冷和烟半窗鶴語不勝圓欲尋孤鳳琅玕塢應向仁王古寺前

詡南海人號東所彭韶稱其詩曰此嶺南孤鳳也嘗從白沙遊白沙稱其學近自然所居之別業即唐代仁王寺故址仁王寺爲嶺表上剎魏校毀之改建紫陽書院所餘西圃詡買爲竹塢築亭居之

參卿坊

在西門紙行街明南京戶部兵部侍郎黄衷題名坊也摧殘殆盡僅餘兩柱道光初里人稍葺之仍其舊榜曰貳部參卿坊下即衷故宅

甲第成塵蔓艸封里門猶表少司農行人不識譚天館記得齋西樹似龍

衷字子和南海人歷任有聲嘗卜宅紙行街頗饒隱趣有譚天館綠蔭玶諸構著述至多今惟海語行世

國變後宅爲佐領公署乾隆初裁汰斯秩署遂廢子
家世居之星背老榕廣蔭一畝數百年植也春時萌
葉三城郎凍
解歷試弗爽

鐵局

內城旗境鐵局有二處一在詩書街一在弔碑
井皆兩藩鑄兵局也

沈戈折戟葷仙都纔啟博山四面鑪土借昆侖江借水
千將出匣勝風胡

關東冶匠羅秉權者世嫻鼓鑄舊在定南王軍前鑄
造紅衣大礮蒙 恩肇錫武定大將軍礮名號者
也後從征廣東與副將栗養志在九龍坑鑄造有功
賞加都司銜康熙五年在廣州啟局煉造兵仗

精利絕倫刀室鞘柄皆作鋈
銀團鶴紋今旗庫尚有存者

小東營

在內城司後街明季四衛回兵行營也成化四年排猺不靖都御史韓雍奏調南京回兵來粵協剿凱撤後加其頭目羽士夫馬黑麻等錦衣衛指揮使職銜留戍廣州建四回營以處之稗珠謂四營僅存小東一營其他三處無從考矣

九硐徭蠻議大征前驅眞合借狼兵槃弧旣殄烽煙淨
故壘猶存四老營

案成化四年省垣設四衞以處回衆曰大東營小東營西營竹筒營朝市雖更然以里名遺址考之可得其概也大東營當是今芳草街東三巷一帶內有蟠龍庵爲正白李姓香火院卽當日之禮拜堂也小東營在司後街今尚存淸眞寺其爲小東無可致疑西營在光孝街內尚名西營巷有武廟一區卽當日回目衞署竹筒營在大北門水關橋前其地俗稱回子營或作鬼子營鬼回一聲之轉且有最勝總勝兩尼庵亦當日回目公所此明季四回營可徵諸目驗者也採訪者似宜知之

海雪堂

在衞邊街鄺家祠內明中書舍人鄺露殉節處也舊有靈異人無敢居之者乾隆初追敘勝國忠貞予以通謚有司祠祀之後音響遂寂然

寶劍哀鳴鏡有芒天魔古鬼嘯諸房名成海雪騎箕去

正命如斯豈是狂

湛若負天才有清狂名以事走猺硐爲雲嚲娘掌書記鼎革時出爲紹武中書舍人丙戌之役與諸將固守省垣城破日爲甲士所獲引歸其寓踞坐海雪室上羅列瑰寶以待甲士殺之其從容就義視彼之假託緇黃偷息草間者未可同年而語矣所蓄之宋理宗琴懷素墨跡千文文丞相硯遂散落人間

洛野

在大東門外元運里明大學士陳子壯園林也文忠里居廣築精舍浚池爲湖斜跨弓橋置畫航於中取唐詩幾度木蘭舟上望不知原是此

花身之句題舫額曰此花身又嘗署園牓曰虫二觀者不曉其義詢之答曰此雅謎也寓風月無邊四字耳春秋佳日大集名士歌裾舞扇盛於一時

弓樣橋梁扇面池此花身泛碧淪漪風流門牓成千古憶否秋墳鬼唱詩

文忠里居頗不滿鄉評然負氣豪俠雖當喪亂聲伎未嘗不盈于前相傳後池夜夜有鬼題句於壁云擷盡千墳作一池不栽花柳種荼蘼他年花落人亡後荆棘滿園君自知文忠見而惡之國變後亭池荒蕪果符鬼讖而九曲池玉帶橋尚依然無恙也康熙初鑲黃旗參領王之畯取爲別業嘗大修亭館聘嶺南

詩人陳元孝梁藥亭屈翁山主之立東皋詩社四方
投簡贈紵者門不停軌遂與南園十先生互相頡頏
焉

備調軍裝庫

在惠愛坊十約明時左衛指揮署也平藩取爲
備調軍裝公所總兵許爾顯司其事廢藏所攜
來之火器攻具製式奇詭多有未經見者

破被飛灰胖襖存軍需徵索到江村火攻旣變孫吳略
引炬星絲賴樹根

舊制鳥鎗所用火繩率用麻縷間有夾紙者平藩始
擣榕樹根鬚爲之雖風雨不熄劉進忠之亂軍需頗

急望慶應額解鉛丸火繩三萬有千總某赴各州縣徵取軍裝恃勢恣橫高要令楊雍建縛而撻之千總泣愬于將軍王國光光叱之曰書生强項廉吏方剛胡可犯也杖千總而疏薦雍建於朝乾隆乙未粵兵調征臺逆大營解到火繩有以榕根柔脆爲疑者督臣孫補山奏明榕繩經兩不熄之故軍需遂以爲額例

明季戎政廢弛甲仗㓑弊冬時大閱衣甲咸破壞藍縷時諺曰霜降日迎破被又兵部則例每歲各省州縣額徵條銀外有解送京兵胖襖若干件應折銀若干兩之欵項乾隆二十年始奉裁免

沙地

在巡撫署後俗呼後樓房廢藩尚之信鷹狗房也舊在邸內乾隆二年巡撫王軾因撫署之後

苑太屬寥廓易藏狐鼠乃割六十餘畝地以歸
有司由後樓房以北直抵粤秀山下建立撫標
校場一所啟大街里巷共九聽民建屋居處焉
而鷹狗房故址作兩營兵器庫矣

蟲蟻房聯鷹狗房韓盧小隊佩圓璫羨君飽飯垂頭睡
末比神獒四尺彊

平藩喜田獵所蓄鷹狗至多邸內有備辦處四所曰
蟲蟻房養蟋蟀蟈蟈秋蟬蜜蜂處也曰雀鳥房養鵪
鶉畫眉白鴿鬬雞處也曰鷹鷂房養海東青及蒼鷂
麻鷹處也曰狗房養關東獵犬及哈巴細狗處也四
處統於長史各派拜唐阿二十餘人以司豢養之役
其王阿哥郡主縣君等所飼養者尚不入此四房也

王之信時尤尙猫狗珍護倍加猫有小姐妞妞之稱狗有相公小哥之號日令公監衣錦衫抱之以遊於市民無敢觸犯之者藩丁藉勢爲奸攫市人之魚肉以飼猫狗者則有之然邸中亦絕無四尺之獒能咬人者而鈕玉樵之粤觚則謂俺達公所蓄之狗縱遊於市行人爲之避道又一夕聞狗鬪聲令小宮監往視之小監不敢往俺達怒割監之肉以啖狗肉立盡不知聞於何處蓄怨毒之口不足信也

懷遠驛

在西關十八鋪順治十年暹羅國有番船至廣州表請入貢是年復有荷蘭國夷航至墺門懇求進貢時鹽課提舉司白萬舉藩府參將沈上遠以互市說王遂咨部允行乃修明市舶司故

館以居貢使而厚給其廩餼以招納遠人焉康熙十三年蘇祿國王森列拍遣使三人請受藩封於是　頒給駝紐銀印付以時憲一時稱榮而侏儒白老耆趨乎粵白沈二人因緣爲奸夷利開而民俗疲矣

江樓誰解築籌邊禍水生從一掬泉若肯閉關停市舶富民自有賣刀錢

中土初無藉於夷貨而關徵市稅國用自饒自永樂誤於馬歡招徠夷航而互市閩廣遂爲華民巨患至宏治間中官以洋稅蠱惑其君弛金鐵之禁罷淫巧之譏凡可以作利者鮮弗抑從遠人自時厥後貿易

不任諸民而持之有司弁操縱不持之有司而聽諸商賈由是利源盡在遠夷有司弁命不暇奸民聽彼驅使中華之弊於斯爲極矣滙生厲階曷勝浩歎

招安亭

在香山南門河傍大涌口嘉慶十四年己巳海盜乞撫督師百文敏公命知縣彭昭麟築此亭以受盜魁張保鄭一嫂等降百載積寇一朝解散而大府不耗錙銖其豐功偉略誠不可及粵民至今思之愛惜斯亭惟謹

熊虎晴翻大將幢樓船來會紫旗帮廣宣德意寬殊死

元老登壇始受降

粵故澤國沿邊多盜伊古有之嘉慶乙丑粵東大寇盜船屢出爲患提臣孫全謀撫馭失宜賊內犯省河香山東莞新安順德番禺五縣境無不遭其焚掠時百菊溪督粵思有以解散之十四年十月有白旗幫盜首郭學顯率衆來歸公厚撫之賊始有投降意而紅旗幫張保黑旗幫麥友金尤黠驁縱橫海面如故公募有才畧者往覘賊有劉人周飛熊浙民花東苑者起應募二人往來海上幾半載始得與賊目范皮寶晤會范引周見張保陳說萬端而鄭一嫂始決計降約總督于芙蓉沙會面十五年三月九日公單舸出海保列戰艟三百帆于海口旌旗紛日鎗礮迷江以示兵威公談笑自若與梟使溫承志糧道蘇爾賡三人竟登賊舟保與一嫂泥首丐命公掖之起親解端罩以衣之出翠韘加其指且曰大好相貌不愁不至提鎭也保大悅過望於是擇四月三日來降公預結行帳于大涌泊賊船大小四百七十餘號雁泊于

天王橋東縣且十餘里保獻太平餉四十萬械三萬餘器戰船全數難民千六百名口初八日公率保等還省騰章代之請罪奉
旨難民張保姑免罪賞加守備銜董率舟師速赴高州收捕黑旗幇盜首麥有金郎烏石二等贖罪是年十一月提督童鎮陞總兵黃飛鵬率保眾大破黑旗於潿州生擒卜慫而戮之廣東諸盜悉平保因功加都司銜賞戴花翎後卒於廈門副將是役也交敏出奇計以謀軍備所有衝要繁缺州縣須有報効始得調署論缺計值或三萬或一萬著之於券然後給札就任後有所委為即時更調上下無不悅服故大役繁興而帑絲毫未動民間亦無捐輸例也

佛寺

六榕寺

在西城花塔街梁大同三年曇裕法師於西域求得釋迦舍利奉敕建塔於廣南賜號寶莊嚴唐時王勃嘗撰舍利塔記勒於寺壁宋端拱中大修治之改名淨慧寺後燬於火塔亦傾圮無存元祐五年郡人林修議建復之求其故址不可得夢神告以在子城朝天門外四環有九古井者即塔址也果得之而塔工乃成蘇子瞻謫

惠州嘗游其寺題曰六榕遂有今稱明洪武六
年割其寺之半以建永裕倉八年僧道堅乃於
塔之東偏另建覺皇殿寺門東向局式卑隘無
復堂皇舊制矣

堵窣誰燒賽月燈客寮雲散打包僧賜山尚有交龍牒
紫印泥新作信憑

南漢時上元中秋輒登塔燃燈以兆豐稔號曰賽月
燈各巷里亦壘瓦爲塔集薪燔之火遍三城亦奇觀
也至於今其俗尚存萬歷甲寅天啟辛酉其塔於黎
明前嘗放佛光二次散彩呈輝榮光互天邑人黃衷
爲文紀之南藩入粵寺爲藩丁佔踞主僧今湛與平
南有故力而於王乃逐軍人而以寺還諸僧給有券

牒面鈐平南王印其寶方廣逾四寸垂
薤古篆紫泥豔新今藏主僧慶韶處

戒壇

在光孝寺後盤福里內劉宋時西僧陀羅三藏來粵手創此壇以安梵唪梁天監三年智藥三藏寓居之嘗手植菩提樹於壇前預讖曰後百年當有肉身菩提受戒於此大興佛教於東土也唐儀鳳元年六祖大鑒祝髮於樹下躬受衣鉢遂大衍南宗於是漸教微而頓教大興矣宋初稱乾明院又名羅漢院後併入光孝明代仍

壁爲兩寺東壁有空隱和尚紀事碑敘述頗詳

智藥禪師大道場訶梨猶放古時香肉身菩薩今安在

已隔風幡尺五牆

順治庚寅之役王師列礮於西山以攻擊大城寺皆

正當其衝雕甍繡宇悉爲瓦礫塲矣底定後左右盡

屬兵房數尺金龕委擲芳草間總兵班際盛稍爲修

復而門堂隘陋與山廟叢祠無異矣乾隆中詩人毛

西臏嘗

隱其間

大佛寺

在南城龍藏街卽明代龍藏寺故址後改爲巡

按行署康熙三年南疆眞謚平南王自捐王俸

營建茲宇上爲　天子祝釐制式悉仿　京
師官廟世尊慈範亦摹之北匠云

雌霓翔霄浥麴塵三城遙降九重春黃金布地圍龍藏
籲首南交祝　紫宸

順治十四年平南敬王遣其子之信之孝之廉之隆
之輔之佐六人赴　京宿衛咸授秩任有差之隆以
才器矜貴奉　旨尚固倫公主晉秩固倫額駙婿
禮既成額駙屢請侍主返粵以修省覲禮因寇氛未
靖未遂所請至康熙六年四月　準額駙省覲由
通河水路取道蘇杭以達粵八月朔　公主與額駙
尚之隆至羊城以家人禮謁平王于邸第獻金帛進
牲醴有加在邸寓居八日以月之初十日稟假歸甯
平王親送之南門外額駙等遂還都是寺即當年祝
釐淨壇也前期建築故至爲莊嚴之隆在都亦

聘請班禪大喇嘛四十衆同至廣東修四十九日無
遮勝會齊醮之華盛亦近世所希觀今南榮前高碑
矗立文字喬皇詩
僧澹歸和尚筆也

萬善寺

在粵秀峰巔明永樂元年都督花英建祀大士
者綺樹周遭丹梯百級憑欄登眺目極千里殿
前有鐵香鑪一器徑僅尺許高可四寸周刻十
二時肖像鑄蓋亦有十二像竅焚香於內歷一
時則一竅出煙他竅則否蓋法物奇寶也寺衲
懼爲有力者豪取祕置於房勿使人見焉

芙蓉繡錯裊丹梯紫閣琳房日角齊不爲賞春頻躡屐

九重天上仰　宸題

道光辛丑嘆夷籍經商細故輒敢犯順疆吏撫綏失宜四月八日豨突近郊潛踞礟北砲臺以爲要脅計旗兵防禦甚嚴逆酋盛陳攻具壘犯北門礟火矢石密同驟雨萬眾親見寺頂有白衣神女披髮執指以當夷隊礟矢甫及雉堞即墜落無餘夷眾駭懼適四鄉援軍紛至旌旗盈野聲撼山林夷眾哀號丐命靖逆將軍憐而撫之以其事聞於朝蒙　恩御書慈祐清海四字恭懸殿楣以答神庥從此奎光燭斗海國澄清瞻仰者咸生歡喜心

夢覺庵

在西城上古里唐之仁王寺故址順治十五年

靖藩下總兵徐成功之弟成名夢見
三僧來借宿次日有人以銅佛三尊求售其慈
範宛如夢中人大異之就營地築斯菴而供奉
三佛藩使莊有筠爲文述其因緣今勒石廊東
寺基頗廣最多古跡廢礎遺磚尚是唐時雕鏤

托鉢當門笑口開天然歡喜不須猜軍中佛筏原無相
且借空營築講臺

徐成功正白旗漢軍隨靖王南征薦擢至左翼鎮
順治八年偕副將高進庫先啟王等收復高雷
路二月師次陽江僞提督李忠明引狠兵三千列柵
以拒成功大破之進抵電白僞監軍道郭光祖迎降

令人傳檄羅定州其守將郭登第馬應龍亦率眾來降三月大軍由石城至廉州克其武利營進定靈山四月渡河營於舊州斬偽總兵甯武忠及王碉山寇李士元等於是兵威大振雷州府渠帥王翰李人超開城降九月官軍入居雷城獲叛鎮李成棟之子元允誅之十二月靖王親統大軍至雷州規取瓊南成功獻策曰瓊州孤懸海上環山列島古稱天險而偽督村永和等由省垣敗遁盤踞其境收納餘燼其勢方張取之匪易不若廣散軍帖宣揚國威赦其殊死待以爵祿瓊州可坐而定也王從之而永和負固不屈九年七月成功率師渡海永和乃出降引諸兵以謁王王令之從軍十年八月隨靖王討潮州叛鎮郝尚久誅之凱旋晉世職十三年調征臺二月兵至揭陽再戰於萬里橋賊死守府城加築月墻以禦我攻三月省垣礮船至提督吳六奇疾攻其南面成功率礮兵疾攻其西北賊棄城遁遂復揭陽時賊雖航海遠去然飄忽無常遂請暫駐揭陽以防侵突平王遂擢成功潮鎮總兵焉十八年請藩移鎮福建成功改補

閩安鎮康熙五年卒於任賜卹有加子鴻弼充藩下參領疾耿精忠之僭妄也因年滿引見之便在都察院首告耿精忠在鎮不法於反正之後仍蓄逆謀擅殺總督范成謨謀爲不軌乞迅賜提究以清反側事下九卿議王大臣請暫繫徐鴻弼於刑部以備對質十九年耿精忠鎖拏至京法司面質鴻弼所控皆實置精忠於法鴻弼交部從優議敘二十年補授福州協副將

吉祥庵

在東城高華里康熙己巳年韶州府判尚有璋建庭有臥碣漶滅不可讀階前貝樹一株生香四射古綠拏空百年植也庵式樸野頗饒古意

物阜民康妙吉祥野庵春老貝多香老僧不解滄桑刼

鹽述新城破晉王

尙有璋字完我平王族孫也由縣令陞韶州府判順
治十一年奉命協守新會縣在事有功晉一秩初西
賊李定國犯高州降將張月舉城降陽春陽江恩平
皆陷賊定國營於肇城隔河將趨新會十一月平靖
兩王至肇慶總督李率泰擬守新興平王不許議守
高明平王亦不許率泰曰封疆尺寸豈宜棄賊今不
守兩邑當有說乎平王曰定國百戰中原其志匪細
今之所急在戰不在守也二邑去水遠地非要害兵
少不足守若撥重兵備賊以偏師綴我而以重兵索
戰我進不能戰退則喪其所守此兵家大忌也今天
霪雨江水大漲從山絕路從水阻舟弦矢膠解瘴癘
大作無論守不宜分即戰亦不可速遂撤兵還廣州
肇人無不怨悵以爲玩寇殃民矣定國見兩王軍退
果攻新會許爾顯死守之百計不能下至九月天氣
大晴十一日兩王始整隊下江門連克其水柵陸寨
命徐成功盛登科領軍糧十萬入屯新會城協力防

守兩王營於三洲墟口時賊聯營十餘里勢頗驕張
平王計眾寡不敵思出奇以挫其鋒命步卒誘戰馬
軍斷後定國親率鐵騎來追先以關西精銳五百躡
王平王設三伏以待結陣徐以誘之賊果深入三伏
並發大敗之生擒其偽總兵武君禧偽遊擊王天才
十六人此十六人者皆萬人敵賊恃以破銳摧堅者
也既敗賊氣乃懾紹高明合兵二十餘萬以逼新會
分扼三洲金利富灣羅屈等隘口十一月初十日靖
南將軍珠瑪喇統大兵一萬至偕兩王營於新會城
南賊營於城北排戰象大礮於兩峽口別以鐵騎屯
於峽左峰以為下壓之勢平王乃令副都統畢力克
圖蘇章京齊貴塔統正黃正紅兩旗滿洲蒙古兵副都
統范達禮統左翼漢軍章京尚之智副將盛登科統
藩下兵合擊其峽左峰之屯賊十四日黎明兩王總
督及靖南將軍領大隊以督戰號令所指無不以一
當百日午峽左峰之賊奔潰峽口之陣亦動總兵連
得成田雲龍栗養志參將張榮分五隊譟進鎗礮齊
發矢石若雨呼聲撼天地賊驚駭回踏己陣陣大亂

死者山積定國登高望之撫膺大痛曰吾縱橫西南垂二十年未逢敵手今來廣東一敗至此非尚可喜之能殆天意也率殘卒疾奔高州畢力克圖東拜頓鏖騎三千窮追新會之圍始解諸將論功尚有璋於阨守草鞋洲時出奇計奪獲賊糧以濟軍食列頭等賞加知府銜十二年正月定國由高州竄廣西扶來俾以二十餘騎僞投僞泰王孫可望從此粵境乂安始無西顧焉

五桂庵

在城西北隅水關側明萬厤二十八年詩僧行儀創建名福善庵背負女堞面臨巨池韭畦瓜棚大有江村風致上人與諸社名流結放生會每屆中元香鉢雲鐃傾動三城焉國變後池鞠

茂草庵爲狐鼠窟矣總兵吳進功戍守東城樓
乃修復之嘗遇大比年有試士五人僑居之一
時同領鄉薦好事者故題庵額曰五桂從此香
火緣盛爲俊髦傳舍矣

燕山五桂係同懷羨此羣英屬討偕一第遂爲鄉國豔
更無人會入關齋

吳進功正紅旗漢軍隨平王航海歸誠授一等阿思
哈哈番從征廣東充藩下總兵官屢建戰功未嘗妄
殺生性佞吝佛蒲團木魚不離於戎馬間軍人稱爲
吳和尚粵人頗敬愛之順治九年冬香山土寇梁子
直殺縣宰張令蕙踞城以叛進功偕副將惠得仁往
討之十月十二日師抵石岐監軍道劉尹覺請急攻

進功曰子直亡賴徒耳民非甘心從逆爲其脅逼而已招之卽來降也曹協請往諭之子直開城不納曹協怒將攻之進功曰彼拒我者怯我也密令典史陳忠潛從水關入開導耆民十五日士民縛子直及其黨百七十人以獻斬於市縣民讙頌未嘗傷良善一人其他布德安民事多類此

檀度庵

在越井岡之陽女尼靜室也始於康熙四年平南王建爲庵主自悟比邱焚修所

一串牟尼脫火坑傭中佼佼鐵錚錚蒲團不墮紅羊劫
笑彼飄零孔四貞

平南有子二十三人女十七人其幼女某生卽茹素禮佛不諳家人操作覩諸兄弟之橫恣憂患成疾力

懇爲尼王不能奪選宮嬪十人爲侍者建庵居之號
曰自悟肇稱之爲王姑姑云姑姑博通梵典戒律精
嚴先平王而示寂不覩家難今庵尚有
影容披髮衣紫蛾眉雙戚若重有憂者
孔四貞者定南忠壯王孔有德之女忠壯殉烈於桂
林闔門遇害四貞年甫六歲得衛士某保護回京
上深憫惜之留養大內皇太后撫爲養女
封固倫公主食定南王全俸及笄奉旨許字義
王孫可望之子延齡于歸後延齡擢任廣西將軍四
貞不以夫貴自用親王儀衛領舊藩四佐領兵隨延
齡之任夫妻頗不相能及延齡從逆四貞刺血告變
有旨褒美迨延齡爲吳世琮所戕四貞攜其舊
部反都依旅子孫穎灝上追念藎臣命仍貞定
南俸未幾卒學士吳偉業爲孝女行以哀之詩載梅
村集

慶雲庵

在新城東橫街地即宋時之山川壇順治十三年元旦五色卿雲現於省垣百僚稱賀藩下總兵官張國勛因建是庵以祝太平未幾而海氛蕩定蓋先幾之徵也廊下有道光十年將軍慶保重修碑敘述庵之始末頗詳備

非煙非霧繞江城日有重華告太平島嶼既搜鯨鱷盡南瀛從此遂銷兵

張國勛正紅旗漢軍父洪義隨左夢庚投誠授騎都尉世職順治七年國勛襲職隨平南王征廣東以克城功晉擢水師總兵嫻於潮汐駕駛十七年高廉多警海寇鄧耀踞龍門島李常榮踞海陵島潜通臺逆

鄭成功而偽漳平伯周金湯往來南甸招納流亡明之故臣宗人咸聚兩島間六月國勛承王命徂征會舟師於陽江十六日師次海陵島口李常榮率衆迎降官軍入踞其島金湯聞信乃糾合王懋德黃薩鄭球三巨股及叛賊李玉分扼隔水南廳上下兩川七月官軍分路進剿遊擊李崇元領鐵騎由陸攻其上下兩川降將李榮周玉駕戰艦攻其南廳八月國勛等大破賊於上下川斬王懋德等生擒周金湯於是水陸合兵八月進攻龍門島前鋒副將張琸由山路遊擊易知由水路參將岳世隆領礟船爲頭敵鄧耀傾巢來拒廿三日大戰於島口官軍五路搏擊遂大破其衆鄧耀遁安南降其幫匪二萬餘釋回難民五千餘十八年秋國勛又統舟師收剿永豐寨諸寇其總魁蕭國隆者故繡花針王興餘黨也四結叛援屢爲焚掠在亭峒者則有陳期新在白頭蔚者則有洪彪在海蔚者則有周祚在古城者則有勞泰在雷岡雙水者則又有鄧雄鍾良等八月國勛至永豐國隆掘壕加塹作死守計官軍築長圍困之遂分剿亭峒

諸寇斬陳期新等會班際盛領礮船至九月廿四日遂攻克永豐寨國陞舉家自焚死收其軍貲無算乃相厥隘要請於廣肇接壤添設那扶營守以參遊大員而彈壓兩郡五縣部議如所請於是兩寨登淸盜風止息焉

雙山寺

在大北門城闉下負山面郭花藥成村孔道中靜宇也順治丙戌靖藩下旗鼓佐領張國祿捐建堂有題名碑自靖王而下藩屬文武咸有佽助近爲俗髡所踞僑厝旅櫬收賃廡之資以供飲博云

雙掌雄分一徑過精藍小寄綠雲窩四圍生翠籠啼鳥
駐馬何須弔尉佗

張國祿鑲黃旗漢軍始爲靖藩護衛晉旗鼓佐領順治八年十二月隨征瓊州九年春大軍駐雷州僞督杜永和遣其將張月等死扼海口盡匿其舟船官兵久不得渡國祿持招降軍帖偷達定安婉諭其四民於是薙髮紛然來降者萬人永和不能禁亦開城迎降瓊州平十一月凱旋授永和總兵銜論功國祿加參將職

西禪寺

在西郊龜岡下建始於宋淳熙間明正統初毀於黃蕭養景泰三年中官阮某修復之請於朝

敕賜龜峰禪寺香火冠一時殿東有六祖銅像慈範莊嚴後因寺嘗饒富故輔方獻夫垂涎之謀於學道魏校以扶聖教爲名毁其像奪其田攘爲己祠邑庠黄海若心不能平訟訴經年官不敢決國變後燬於兵燹順治戊戌靖藩總兵官曾養性捐貲修復經閣雲寮轉盛當年巡撫李棲鳳爲文紀之勒石殿西

黄耳功成藉草眠敢隨封豕吠青天千金媚佛希慈祐

佛倘難安數瓦椽

曾養性山東人驃騎將軍曾法孔之子隨靖藩鎮廣
東與馬九玉同爲總兵最用事尤諂事世子耿精忠
順治末徙鎮福州繼茂尋卒精忠襲王爵淫虐不法
養性導之以聚斂閩人恨之刺骨康熙十三年吴三
桂叛於雲南引精忠從逆六月初三日精忠裂衣冠
蓄頭髮亦踞福建以叛養性領兵犯浙江黄巖鎮執
總兵阿爾泰殺之逆屯黄瑞山遂攻天台阻截官軍
糧運十四年掠台州府城爲總兵喜勒塔布所敗退
屯涼篷隘口掘塹排守尋爲副將穆赫林擊遁逆衆
黄巖及福州十五年復犯温州六月據守古漢十月
精忠窮蹙以降養性始就撫二十一年同精忠逮繫
至刑部法司覈實議得叛鎮曾養性助逆謀叛皆有
顯據陳又領兵與官軍接仗且戕殺總兵阿爾泰等
多款與他犯不同應照謀叛律凌遲處死是年冬同
賊精忠馬九玉九人
正法於都門西市

華林寺

在西關繡衣坊梁普通七年達摩航海至粵卓錫是間爲南宗初祖廣人目其寺爲西來初地實嶺南最古之刹也順治十三年僧人宗符大修之手植三松於庭今皆枯死道光末主衲祇園始創建羅漢堂親謁浙江淨慈描繪五百應眞金容歸而模塑築田字殿以奉安之心香慧炬傾動三城焉

典文充藏律三千畢世探搜苦未全一葦航來無字教南宗從此衍空禪

天方象教曰戒曰律釋氏典文有北有南所謂由昏漸慧由覺漸悟猛勇精進漸積成宗者也粵之梵教始於曇摩耶尊者繼之者求那羅跋以及智藥三藏莫不恪唪訓受戒律修明迨達摩南來不落言詮直指心印佛法二而南宗衍矣

寺藏平南王壽屏一座雕梨嵌金字文工好蓋嶺藩由閩驛致爲平王八旬祝壽者也永鎮山門往來上多捫讀之

長壽寺

在西關順母橋北明季巡按沈正隆建地接荔灣西通珠海瘴雨蠻風尋就傾頹康熙中吳僧大汕者出貲葺治土木華麗花竹成蹊有繪空

閣離六堂半帆廊諸勝洄壁春航戸屨常滿王文簡尙書奉使來粵嘗與諸才人觴詠是間手題楹聯云紅樓映海三更月石瀨通江兩度潮可想見其勝槩矣大汕以事遞籍池北偶談曾紀及之

朱鳥瑶窗旭影遲禪林閒對好花枝當時亦有金和尙
未必風流勝阿師

大汕號石濂吳縣人狡黠多智以訟亡命得三矛邪術能役神鬼剪髮爲頭陀裝附賈舶至安南時方亢旱國主募術士祈雨汕乃大書寓門日月頭陀有法霖出賣國人震傳迎至郊壇觀其所爲汕作法三日

而甘雨大霈國主延居王宮尊爲聖僧焉汕結筏池中絶粒七日爲人祈福益神之稱爲活佛所得布施無算盡先屑牛犢[illegible]以藥餌入爲串珠每日潛服之以療飢也其詐多類此居安南數載積鏹巨萬與其徒附載以歸遂營禪慈寺廣栽花木潛畜妖伶一時豪紳巨賈樂與之遊始猶僞爲恭謹繼則僭衣華輿出入各當事關說通明其門若市矣臬使許嗣興惡之杖遣回籍旋斃於路今佛閣有籐絲大彌勒像即汕藏鏹南歸具也

金和尚亦康熙時豪僧事與汕類漁洋山人嘗紀之蒲留仙亦備書之

皇華寺

在小北外皇華塘明末詩僧函可禪室也棲壑面郭紅棉繞門景最清幽後因訟累遣戍甯古

塔寺就荒圮村人借爲厝柩室乾隆十九年糧

驛道龍廷棟請於兩院取爲女養濟院撥水利

羨餘以贍貧孀之無告者

彈指華嚴水自東故山猿鶴歎飄蓬空餘種荔田三畝

借與神堯養斷鴻

函可博羅縣人名韓宗騋明尚書韓日纘之第三子

工詞章善支筆明亡爲僧自號賸人與澹歸今釋輩

相往來寄鉢於此後爲怨家所訐配甯古塔在戍有

詩云三畝離支一畝塘長松千尺列成行主人猶自

不歸去艸野空餘薜荔香

其寺之風致可想見矣

永泰寺

在東郊俗名太監寺明宏治中內監韋眷自建
殿後有眷塑像冠帶緋魚侍者夾立寺僧祀之
惟謹蓋眷當日置營業至厚湽流賴以贍生故
不忘其德也

金碧秋林護綺寮不風庭院也蕭蕭溪山勝處留香火
百載居然祀豎貂

眷本王振私黨宏治四年出爲廣東市舶司監督貪暴驕橫屢激民變嘗使番匿闌課二十餘萬兩爲番禺令高瑤所發瑤藩使陳選籍沒之天順中撒馬爾貢使來獻獅子取道廣東回國詐云欲往滿加刺更市眷得其厚賂將許之陳選上言夷人狡詐萬不可許倘屈順之必貽譏於外藩事得寢眷大憤恨遂摭拾

他事疏劾陳遐高瑤朋比爲奸詔令臬使徐同愛勘問徐亦閹黨也文致二人罪降黜有差粵人無不切齒於眷而香火百年土偶無恙較碧雲寺之魏上公尤顯赫矣

白雲庵

在北郊象山之陽又名太平庵順治庚寅兩藩環攻省垣時前鋒拏卡瞭望處也折戟沉鎗耕氓時於岡麓得之

一聲清磬透香龕不辨前溪與後嵐高下木棉多似錦赤騰騰抱太平庵

庵爲兩藩所建壁有豐碑梁懸大鏞敘述底定之勛其碑略云順治七年二月六日王師抵五羊城下離

城里許我師駐焉予營於白雲之東靖藩營於白雲之西與敵相拒凡九閱月迨復月之二日乃克此城及壬辰春遠近就理民皆樂業而靖藩之師南下到處迎降烽燧俱息乃即舊營之巔既建武廟矣又於山之陰更建白雲庵以祀大士云云餘與武廟碑略同惟其鐘銘典雅堪備金石之採謹備錄全文以待搜討焉

鐘文曰順治七年平南王恢粵二月六日抵羊城北白雲山之下結營山阿凡九閱月將士奮騰兵馬無恙其間鑄礮製藥隨手而應陰有神祐是年十有一月二日恢復追溯不忘乃捐建太平庵內塑佛像爰勒鐘鼎以志不朽銘曰鳴鐘鏞然以彰南征緣嚴列帳依岫分營百里威震乃克堅城爰溯佛力鑄鐘鼎銘用以播其芳馨大清順治壬辰三月平南王建通判周憲章監鑄

景泰寺

在白雲九龍坑土宋景泰禪師道場也靈泉注
磵環植杉篁廣州八景中所稱景泰僧歸者是
也順治庚寅王師至粵堅城未能驟克乃造攻
具於寺前凡九閱月沿峰竹木斬發殆盡澮水
童山無復杖錫聯翩古道斜陽當年佳致矣

萬樹松杉捲翠濤紅泉飛瀉石梁高天雷奧谷開軍塢
且構隆衛克虎牢

平南既作長圍以困大城所攜攻具未敷應用乃命
總兵許爾顯擇九龍坑吉祥處所啟鑪鼓鑄大礟八
月大成計得四十六位合舊有之五十六位堪以進
攻矣每礟配彈藥五百餘通復造火藥十三萬斤更

命木丁造大擋牌哈哈木雲梯天橋狼筅竹屯諸攻具行有日矣匠氏稟稱輦轍須車粵之車匠北軍雖能斵輪輪有鍥穿以貫軸粵土浮鬆不能作穿範佐領金有賞隊內自姓者於從化東山得紫標土以爲模而車穿始成於是晝夜挽運至於西山之下遂一戰蕆功也

海珠寺

在珠江之中怒濤四撼突起仙洲瑤房嘉樹恍若蓬壺宋李昴英讀書處也

犀株映水翠幢幢雉堞鯨樓鎖大江千古登臨觴詠地不教浮玉號無雙

李忠簡以宋寳祐二載登第厥後邑人張振孫將試南宮大集名士於此觴詠竟日號曰龍頭會以爲登

第嘉符至今未改明李忠簡後裔建祠於上以奉祀
忠簡延緇流守之順治四年總督佟養甲以寺居省
垣要害建礮臺遣將弁戍守置神器焉康熙中巡撫
李棲鳳在祠前築危樓以爲遊人登眺所而仍舊名
曰得
月樓

海幢寺

在珠江南岸南漢千秋寺故址明季邑人郭岳
龍購爲別業順治初僧阿字始建佛屋於旁額
曰海幢阿字故與平南王善康熙十一年展拓
寺基平藩自建天王殿王福晉舒氏建大殿總
兵許爾顯建二殿及後閣巡撫劉秉權建山門

局式恢宏溪山形勝甲乎嶺南

瑚闕四啟聳晴霄梵唪聲同大海潮寶馬不來宮醮歇

賸他鷹爪守瓊寮

寺內所用之綠色瓴瓦均舒福晉所布施初兩藩營造府第咨請部示懇照王貝勒制式得用琉璃瓴瓦以及臺門鹿頂嗣奉部駁民爵與宗藩制異察平靖兩藩均由民身立爵所請用綠色瓴瓦之處礙難準行時粵東啟營辦瓴瓦皆成而未敢擅用乃盡施諸佛寺若粵秀山之觀音寺武帝廟及大佛寺皆此種瓴瓦也今寺之香積廚大齋寮尚是螭瓴砌成者近爲骨董家所易去殆盡矣

殿東有鷹爪蘭一株尚是郭園故植蔓條作幹高出簷牙歷劫二三百載而芬芳若故亦靈卉也寺僧壘石爲臺架欄護之東南詩人題詠者甚多

大通寺

在通滘口南漢時寶光寺也宋政和八年賜名慈應禪院內奉達岸禪師肉身化象故靈異甚多舊跡渺茫未知何處相傳寺前有古井二每逢江雨則摇曳生煙又稱煙雨泉羊城八景中所謂大通煙雨者卽其境也村人近於寺後鑿土井以當古蹟樹蒔花卉爲食業春紅秋白亦殊不劣

風篁雨檜攬寒煙龍氣重重上井泉萬廈寶光何處是

廢甎殘礎沒葑田

萬厯六年省垣大旱祈禱無驗四民迎達岸肉身於交衢如術虔禱三日甘霖大霈四野霑足大衆請肉像返寺九牛曳之不能移珓卜像所願止願居詞林焉無何寶光燬於火肉像蓋避刼也寺遂荒廢後里人蕭子奇乃擇今地建寺迎像遂名曰煙雨寺坊額曰大通煙雨復古蹟也香火不甚興盛惟旗人祀之惟謹乾隆己巳六月滿洲驍騎校珠隆阿等三十四人薦送上官於潛口歸舟忽遇颶風檣櫓摧折船已傾覆忽覩寺內有白光如長虹低垂怒浪中遂撈破船置於寺前衆急趨寺頂禮仰見禪師肉身浪花遍體濡濕中猶掛浮萍也於是繪圖於壁再塑金身以識慈祐云

海雲寺

在雷峰林巒秀美爲海山佛國明末僧今湛主

持其間鼎革後天然和尚主講焉平南鎮粵仰
其高風爲之廣置寺田更虔禱佛像金光丈六
以誌香火因緣土木之盛近時罕有遂爲海邦
上刹

璫難纔平黨禍深秣陵王氣遂銷沉上人高掉生花舌
喚起南歸鍛羽禽

天然名曾起莘以名孝廉教授鄉里靑年即披剃出
家父母姊妹咸爲僧尼人多怪之及國變縉紳故老
多遁蹟空門天然每爲之汲引世人始服其先見云
平南慕其高蹤聘迎至邸一宿即告歸或問之曰平
藩具佛性而無定力游豫多忍蕭牆之
禍近在目前遑計其他耶後悉如其言

懷聖寺

在西城光塔街唐時回回國人禮拜堂也回教之祖名貴聖穆罕默德彼教之人稱之爲貴聖寺號懷聖者謂彼教之人懷念祖師貴聖也而沿革志謂寺創於唐懷聖將軍故名然考唐六典當時有懷化將軍別無懷聖之號志書蓋誤也況寺內現有元時郭嘉碑文其贊云寺曰懷聖西教之宗固明指所懷爲貴聖矣

望海須登最上層金雞晝轉夜燒鐙誰將懷化訛懷聖

壁有豐碑信可憑

寺有番塔高十六丈有奇輪囷直上絕無等級形如酒餅焉唐時回人之望海表也塔巔有雞隨風可轉轉以驗颶風消息夜則燃火以導歸帆拜殿之式有類穹廬當中懸素帛繪一劍形謂是貴聖喜容回民七日瞙拜一次男女環跪捧誦師號蓋回紇舊俗也順治庚寅大城底定兩王以內垣為藩城文武廨署悉移新垣回眾無所棲止總督李率泰擇南門外臨濠一帶給回眾居住本廟仍留為禮拜寺其後南勝里濠畔街設東西兩營暨小東營省城共有回教四禮拜寺矣

道觀

五仙觀

舊在仙湖上周蓮溪祠前元季燬於火後徙於坡山之巔明人合築三城丞相汪廣洋撫粤乃鑄巨鐘建崇樓懸之以厭勝海嘯遂爲闔郡雄鎮嗣因形家言樓居申位象人肺肝擊鐘則民多警禁勿考撞又名禁鐘樓順治十二年靖南王繕治廟宇乃大修之立碑樓前焉

玉版高撐第一樓雄文眞足耀遐陬功成百將題名後

此業何堪託沐後

舊樓額題曰嶺南第一樓碑高二丈有者請將題名
風雨駁落交多缺泐謹錄全文以備金石振動
文曰在昔軒轅問長生於空同義山乞士生於表門
仙人所由昉云然□□□君子一志錬形真丹將結
驂鸞可期積累功行□□□□□□□□□幽牒登
仙錄功行最普無如世界皆飽穩無倏儻若廣城之
五仙□□是歟接郡志建城伊始五仙奚至騎羊持
穗祝斯民永無饑荒之虞吉訖幾昇羊化爲石郡人
感其異況德焉構廟觀以祀之緋佇賜之□□□漢
相沿以迄於茲記之[illegible][illegible][illegible][illegible]道宋以前不可徵矣
於元而一新於明而其新今閩數十載九仙所祝猶
在人□粵坻嘉賴之不朽□□之功行詢嘐矣戢洪
惟我□□皇上伏紫氣以登三秉黃離而御九宸屬
與道光齊照舜河與法水俱清時和歲豐涂歌邑誦
蒼生鮮昏墊之倫神仙有顯化之應予承□□天子
萩藩撫涖此邦目擊仙觀圮敝朱軒紺柱共榛荊以

邱墟月面星眸竝烟霧而央莽瞞村鼎新率合官民合力鳩庀響應如雲更奉我慈闈 太老夫人李氏秉心塞淵肅欽神祇捐發橐貲勸建勝事□□□□□庭革□□於廢址蕊宮絳殿裁成市闤咸以式黃□冠有舍步虛有堂□□□□□□事敏晨夕居力越數月而□□□□□□□□長生之訣詎必飯青精飧瑤漿哉獨其願力閎深視無饑荒此好生一念□□□靡竟固眞長之訣矣予感五仙好生之意□□□□□□□無□□□凡我麾弁爪士羣黎百姓尚共勸進香膏薦信勿懈永禱五仙之靈□□□應入食其祉莫可紀量即予重建之志也是爲記順治十二年乙未靖南王耿繼茂書

又碑側一行靖南王捐銀二百五十兩買地一區擴爲道院東齋永禁侵占据此則當日修理官廟以藩府之尊尚須出貲和買則爾王在粤未必如觚賸嶺南雜記大事錄所載之横暴也

元妙觀

在西門直街唐之開元寺宋人改爲天慶觀洪邁爲之記東廂有衆妙堂東坡亦有記碑石均無存矣西院古井甚清洌文忠所浚也今稱爲蘇井舊有徐漢劉澄及二子銅像嘉靖時海內崇尚道學提督魏校專獵浮譽取銅像燬之以其銅鑄大鏡數十遍貽朝貴與人惜之復塑土偶特建功德院以祀之

貞碣成塵鑄象鎔丹臺草滿井亭封步虛元夕人何在

只賸南朝一杵鐘

康熙五年平藩肇修廢祀是觀聿新視舊制有加勒碑琪林門內紀述頗詳蘇洪壽石久成灰土南漢精金幻化無存惟大殿猶存宋鐘一具銑鋬完好文款爍然係元豐三年林英等捐鑄者惜無銘贊堪備擇採也

三元宮

在越井岡即唐之悟性寺故址寺久廢順治十二年平南王建爲道院榕棉深鎖人稱福地山門前有巨井水味甘冽即晉季之羅漢井與玉龍泉相距不遠粵秀諸峰僅此一井千秋名跡

可徵諸目驗者也志乘家誤以悟性爲法性又
混羣虞苑之古泉爲羅漢泉遂成歧混

淺碧稠青拂不開紅棉花裏現樓臺胡麻一飯清涼界
爲訪長春燕九來

都門每正月十九羣遊西頂白雲觀以謁長春真人邱處機名曰燕九自元迄今猶然相沿兩藩將卒皆此莊亦於是日共登□□□以當燕九香車寶馬絡聯若雲霓撤藩後此風稍□□□□□十三年提督金宏鎮修葺之且置觀產□□□□□遂以九月朔建九皇會凡九晝夜亦沿□□□俗也

應元宮

在粤秀峰東康熙七年海氛靖謐平南王建祀

斗姥摩利支天尊者也神像仿自肇慶七星巖星冠瓔珞六臂趺坐兩手合掌兩手擎日月兩手掘弓劍天女捧槃夾侍左盛羊頭右載兎首相傳明季熊文燦大征劉香老時鏖兵瓊南菩薩現形空際風雷四繞寇因蕩滅歸塑像於星巖以昭神祐鼎革之際海疆弗靖至康熙四年始克奠定所賴於神助者甚衆故建是廟以誌弗諼也

瓔珞蟠胸六掌擎丹霄晝見火雷并何須神臂三千弩

已殘南瀛跋浪鯨

明之餘孽咸聚廣南出沒海島乘機煽禍順治十六年平王乃大整六師秋七月克文村斬朱聿鐭及其師王興越明年收復海陵島擒渠首李常榮降其黨周金湯等十八年進定龍門島斬巨寇鄧耀遂破永豐寨誅降蔣國隆等股匪有差康熙元年春平高州陳豹二年平邪吳谷楊二楊三冬搜剿東順香新五縣逆孽三年剿李榮周玉諸叛賊四年蕩定邪扶寨斬梟賊黃明初等遂克大奚山而譚琳高諸股咸就擒廿餘載之巨魔大憝悉殲刑誅海甸澄清罔非我王翊運河伯効靈也

鄭仙祠

在粵秀山龍王堂側道光初紳士捐建下有小園倚山爲榭架樹成屋將軍慶蕉園移奇石數

十笏疊綴庭前多植梅槐以爲修禊所題曰靈

巖香海其境以梅石盛也

花嶼雲縈橘趣深靈璈吹韻下遥岑芙蓉萬態移何處

疑自金閶獅子林

純陽觀

在河南潄珠岡地近盧循故地宋之萬松岡也

古松怪石溪山如畫嘉慶己卯羽士李青來始

建爲道院觀後有臺青來禮斗處也阮文達閣

部題曰頤雲壇時過從之

欲驗超辰構草亭特標璿管候明星前年拓地栽紅藥
斸得松根朱茯苓
青來得西人算法精天文學著圜天圖說皆祖述利瑪竇南懷仁之言間採梅定九之說以成書督院文達收入省志藝文類內刊刻行世觀察盧西洋貲與之論西人利器青來曰夷人火具精絕然不善用之適足病國弧矢之威萬長自古用兵在勇而不在器專恃明兵不足任矣火具焉足恃哉觀察大異之啟土建觀時鋤得茯苓數石皆巨如斗蓋百載精英也青來服之年八十神氣不衰

安期仙祠

在白雲灕泉之左即明末陳文忠雲淙別墅故址嘉慶戊辰羅浮羽客江本源築道觀於其間

有聽松坪索笑簷衣冠塚諸勝梅竹成畦實品
泉聽鳥佳境
跨蝶歸來覓故廬秋坪響踏屐聲孤修他別墅爲詩藪
補種梅花一萬株
詩人張南山黃香石林月亭段紉秋七人於觀左別築南雅堂廣植名花奇卉勝結吟壇補禊消寒殆無虛日伊墨卿太守爲南雅堂記鐫石於壁

離明觀

在泥城河干地近陸賈故城僞漢時之郊臺雄
矗其傍道光初茶商創建以爲貯茗公局黃冠

守之横瞰郡郭面納鵝潭風雲變態日盈庭檻
欲戰當時之伍參枉將犀甲耀鵝潭可憐溷器紅成陣
取禦西戎太不堪
道光辛丑逆夷竄入珠江楚黔援軍幾及四萬有某師者庸妄人也不事攻剿抵拒惟日修祝禱大言欺人或有以夷礮爲慮者某日有神術破之乃令官吏廣收婦女之便器及敗穢褌襯羅置江滸以爲厭勝夷人覩之往笑不已用礮擢之撤碎無餘遂長驅直抵泥城消搖觀中援軍不戰而潰夷酋整隊及城下焉

南海百詠續編卷二終

南海百詠續編卷三

瀋陽樊　封昆吾

神廟

北廟

在大北門直街規模雄駿香火至盛兩廊碑碣林立皆宋元刊刻有　至聖先師曁老子如來諸像復有明成祖巾服御容其他斷碣殘珉沒於土者尚復不少疑即寰宇記所稱之北廟也記云天井岡下有廟甚靈土人祈年報賽咸奔走乎北州人稱之爲北廟　明時合

築三城鑿象岡以爲北門是廟移而東向改祀
眞武遂令唐之上剎無人知之矣所賴殘碣尚
存猶得以想象而追溯之也

風雨梅梁已化龍千年北廟賸遺蹤陰廊斷碣誰曾訪
尚有文皇舊喜容

廟當廣逵李成棟之亂燬於亂兵康熙二十四年駐防參領高登始修復之命人於瓦礫中搜得三教聖像短碣二十餘其完好者咸樹之壁其剝缺者或爲柱礎或作階級又不知凡幾矣

張桓侯廟

在天井岡武廟西偏順治十一年平南世子一

等公倘之信建巡撫李棲鳳撰文勒石於壁
髫年傾解慕桓侯紫轡銀纏閱隊秋庭訓既疏良傅少
遂耽狂藥隳箕裘
之信行五少年好動于躍馬試劍時喜聽人說三國
演義深羨桓侯之武威與諸幼弟營建此廟以配食
武帝令關東巧匠仿劉鑾塑法神貌故威猛如生謁
之者咸懔然之信佩討逆將軍印往征東江時在省
垣大閱戎伍擐甲揮戈馳所愛之
班騅耀武校塲中禡於廟而後行

龍王廟

在粵秀峯之陽龍神舊不列祀典雍正五年始
命有司祠祀之斯廟則乾隆元年總督阿里袞

所營建者也

禱象新從太府迎冕旒袞玉貌書生地祇人鬼安容混

俗諺原非理可爭

雍正五年奉　上諭龍神布散霖雨福國祐民京師業經虔供近復敬造各省龍神大小二象該省守土大臣可遴員來京奉迎欽此欽遵在案是年七月遣部州府通判陸柱國詣京奉迎十二月神象至廣州奉安於巡撫東轅門外乾隆元年始移於粵秀山下祈晴禱雨神異顯靈惟神象清臞晳而修髯不作赤髮龍形相傳即前撫遠大將軍年羹堯之象不曉何由得作龍神也大抵南人好語怪不辨天神地祇人鬼之祀每逞山川享祭必求一前賢以當之若巡撫李恭毅之爲都城隍總兵馬瑜之爲海神本不足辨然年帥以僭悖誅死粵人何緣感戴而萬口一詞疑不能決查康熙四十七年廣東戊子科鄉試羹堯時

官庶子充正考官來粵衡文取中解元李恆燻等七十二人士論翕服或者衣缽私恩遂造此影談耳

六纛廟

在拱北樓上元明春祀旂節處也永樂時改祀六纛尊神國有征討禡牙所指及功成訊馘咸舉行於是我　朝因之康熙丁巳廢藩長史李天植等逆案及乾隆壬申東莞奸民王亮臣謀反案犯皆行刑於雙闕之前

一語横倡白刃交精精碧血灑堂坳弋人曾未援弓繳護卵何心覆鳳巢

初尚之信羈候於五羊驛長史李天植往謁不能見
藩屬餽飲食驛卒弗納於是闔府洶瞿謂王不免且
察係都統王國棟謀天植怒與王弟之傑之璜之瑛
世子崇謐等謀曰國棟負恩又螢搆成大獄王將不
測吾儕咸几上肉動亦死靜亦死不若誘而殺之束
身就獄以白王冤 欽差必上聞冤或得伸縱不直
吾儕願償彼命王不過削爵遠竄耳不愈於屈死耶
衆皆若諾於是詐傳福旨召國棟入府計事國棟方
飲於巡撫署聞命趨至天植遽闔扉禁衛卒不得入
而兩廊武士戈刃齊起國棟爲肉糜宄將軍賚塔聞
變統勁卒環圍邸第天植等就擒鞫同謀者則自副
都統參領以下百有八人天植自認造謀之傑之璜
自認下手戕殺之信力辨弗預聞護衛明世雄呈出
之信在武宣時給天植手札有云國棟謀藥此獄傾
害我家汝必殺之以泄我恨等語之信如俯首無詞
案成馳奏九月十六日刑部遞至釘封一件將軍領
兵環城巡撫金儁嚴兵以待十七日百官集拱北樓
宣讀 聖旨總督金光祖押尚之信於府學名宦

祠内　賜令自盡總兵班際盛取李天植等百有
八人環跪拱北樓前次第就刑尚之傑怒詈不已天
植笑謂之曰人生名節至重今日之死若登仙也是
日悲風黯淡黄霧漫空當時有風波亭上三父子名
宦祠前四弟兄之謠葢憫之
信等狂暴不法身罹慘報也
王亮臣者東莞中塘司人富而多詐以財計交納匪
民有江西術士黄景希以堪輿遨遊各處謂東莞藍
鳳山有天子氣新塘村當出異人亮臣聞之隱與結
納煽惑匪黨至數萬人準乾隆十八年上元稱大號
踞省垣遂聚藍鳳山爲逆十七年除夜督總阿里衮
偵知之率勇士夜馳至山一鼓擒之亦斬于樓下用
舊制
也

惠福祠

在僊湖街僊童橋側都人祭賽金花夫人廟也

橋因夫人名婦女祈嗣咸來禱祀明學道魏校
嘗毀之順治十三年藩下佐領張國禄脩復焉
金娘僊蹟藥湖隈奠酹封牢日往回祠豈是淫嗤魏校
古王弓矢祀高媒
廟有里人廖元素所撰碑其略云神于洪武七年四
月十七日子時降生惠福巷女巫金氏之家比長佐
母治巫能知未來事遠近尊之呼爲金花小娘年十
七隊於仙湖遂解化去時洪武廿三年七月七日午
時也數日乃獲其蛻姿貌如生里人陳觀見而異之
偕衆殯殮遂湖傍有香木浮來宛如人形遂雕爲夫
人像建廟祀之遠近祈嗣者咸有應驗云云至成化
時巡撫陳濂題神銜曰金花普主惠福夫人從此香
火彌盛嘉靖間學道魏校目爲淫祠毀之居人移祀
於河南渡口祈禱轉盛案月令仲春元鳥至天子親

率后妃九嬪以弓矢祀於高禖鄭注高禖媒神也祀之祈嗣也詩之生民元鳥傳箋皆以爲高禖之祀金花夫人亦高禖類耳安得云爲淫祀明季理學家荒經武斷不近人情大都類此

馬王廟

在太平門狀元坊順治五年叛鎮李成棟建祀馬神者也廟有成棟碑居然用明唐王永歷僞號蓋戕殺總督佟養甲叛踞廣州時作也

天旅南征禡祭申革車肅肅奉三神童儓未解與京制誤認龍星祀仲春

恭案 皇朝龍興遼瀋三教鼎隆大軍有所征討禡於 堂子而後行 內府錫以三聖之神以

為軍主載諸香輿祈禱維謹有功而歸敬告返內所謂三聖者普濟淨光王佛藥師光王佛龍樹馬鳴王佛是也順治初元佟養甲奉命收討廣東軍中奉有三聖大城底定建廟暫是奉祀之約於成平日命官敬返平京者也成棟既叛未諳國制聽俗坐陋說以馬鳴王佛為馬明王以藥師佛為藥聖王遂塑像為三首六臂藍面赤鬚狀同妖鬼矣其碑文不知誰氏筆敘述馬祭謂祭咸池下王良一星更不知出於何典其他荒悖者猶多彼閩孽叛卒原不足責然碑中尚稱龍樹馬鳴王未敢從封神傳小說家言作馬明大王也

藥王廟

在新城西橫街康熙二十五年鑲白旗參領陳萬國等捐修香火至盛

仙佛源同濟衆生何須門戶强分爭祇緣藥市饒香稅
遂使緇黃訟不清

初都城克復佟養甲等祀藥師光王佛於都城隍廟左側迨兩王以內城爲藩城置百官於新城遂徙建斯廟以便民人祭禱實始於旗人後用巫師之說改塑藥聖王而祈藥求醫者遠近沓來香稅山積寺僧因之致富亦不肯指神爲佛矣羽流豔而爭之鳴諸有司謂藥聖王道教也非釋氏所可司祝官不能決就廟碑察驗知係旗人創建乃集旗衆問所欲與旗衆曰先人以廟與僧因奉祀光王佛也今改而祀藥聖王非先人所敢知矣然舊制不可忘仍願與僧於是廟歸於僧主祠遂爲不拔之計改門榜曰藥王上刹後殿添祀觀音羅漢以息訟端焉

靈應三界廟

在南關石基里順治十五年平藩下佐領白上
珩建廣州之三界神廟最多此獨顯赫故號曰
靈應

金釵槌鼓賽江神座有青蛇尺蠖伸巫者但誇三界盛
豈知民念洗夫人

廣西梧州舊有三界之神姓馮氏以符籙濟人世出一人以掌其業如廣信之張眞人爾粵人奉之惟謹或云係出紹興或云始自豫章其實高涼洗夫人後裔也夫人爲羅州刺史馮融之媳馮寶之婦馮魂之母繡幰鹵簿謚安嶺表三代勤勞民心敬悅故自粵敬祀千載弗諠也蓋三界者三代之同音明季崇信巫覡嘉靖封爲遊天得道三界眞君不足一噱矣

順治九年李定國寇梧州定藩下提督線國安總兵全節馬雄等拒守七日力不能支退屯德慶來省乞援平王命水師副將强世爵中軍白萬舉領兵赴援佐領白上珩駕䑸船繼進九月次封川國安等領兵來會水陸並進初三日薄梧城定國迎戰大軍破之斬獲頗多定國遁南寗國安等復守梧城上珩泊䑸船於河干以爲助守屯駐一載時禱於廟輒有驗應神座下有青蛇長尺許去來無跡稱爲神使欲享祭者必先飼蛇以雞卵否則神弗歆也上珩凱旋之日蛇忽至船視之曰爾肯附我返五羊城即趨吾足蛇果緣向足乃奉以
歸建茲以誌靈應

海龍王廟

在靖海門外河干順治十八年水師游擊易知
建粵省向無龍神專廟有之自易君始廟有其

所撰碑紀述徵實堪備訪採然缺裂殊甚字多
剜滅謹錄原文一通於左

皇武覃敷海嶠東魚龍爭拜大王風太平計日櫜弓矢
且鑿丹厓勒戰功

碑文曰嶺南十郡瀕海司海之神廟食處處不
絕獨無所謂海龍王廟也海龍王廟之建其自知始
初知于役雷廉歷險獲夷祝神輒應楹兩廡門面海
甃盖材工靡不緻好纙海暘壬象
以居此後無論歲時伏臘刲羊豚鐃歌樂用以侑
神凡渡海官賈尸祝祈靈以求履坦者惟神佑之順
治辛丑瓊鎮右營
游擊易知撰

東得勝廟

在小北門外一里雙峰雄峙高瞰仙城庚寅之役兩藩前鋒犂卡處也奠定之後東西各東得勝寺焉

龍虎翻天盡倒兵敢將京觀築神鯨擔頭帶有旌功柳種徧東西得勝營

廟制樸古殿內有豐碑高可丈一橫逾三尺兩面皆正書抵粵之諸將咸列名於是文亦徵實堪備訪採文曰今上七祀庚寅春月二日始恢復粵省武奮舊文揆兆民慓化暨三總乃建得勝於舊營白雲山之麓以崇 關帝志不忘宣祐也緬予與靖藩越在遐海己丑七月荷 朝廷特簡征粵輒攜各營眷屬萬里南行既而予眷駐臨陽靖藩眷駐吉州下逮營屬僉安貞秋毫皆 帝賚也比臘月二十七日師度庾嶺

先遣副將栗養志覘探情實而予統前隊而圍南雄
城觀其兵馬頗繁戰械甚備而發踪區分終鮮紀律
是可狎而取也全師未至而崇墉輒下 帝授予謀
矣時贋督羅成曜方据韶州有南雄逃兵倖脫者先
遁其耗成曜即宵遁韶之官民冈祀黎迎不煩一鏃
詎非 帝牖其衷耶斯時而乘勝赴省勢喻摧枯乃
以四營八營十三營翻天營諸寇猶披猖於樂昌仁
化間分兵追剿稍稽時日杜李逆黨來聞飭備擁衆
負嵎議者謂非急攻不可予省其城東南瀕河繚以
重垣可圖者惟西北二向耳彼有備而我驟取之未
必可勝先喪已成良不忍以生命試也彼之患我者
弓矢所自爲恃者火礮我若掩其所患而用其
所恃會從化令李奕聲習火攻之具因爲鴝匚更製
徵辦火藥几既備矣審勢久之必擗窺寺曠之必疎
密移礮具併力西關予同靖藩躬抵城下不避矢石
我師登陣立幟而逆衆不知動天潛地疑鬼疑神則
又 帝之大有造於我師也因唯予與靖藩自北而
南常默有契於 帝今者眷屬無恙猶云私德而幸

茲列郡皈誠民物阜安以叨承平爵土之榮其敢忘
冥佑哉爰新廟宇祇薦春秋於是文武羣工額手而
頌曰天寵榮哉國福基哉王公伊濯士用命哉神庥
溥至勒貞珉旌不朽哉順治九年皋月平南王尚可
喜靖南王耿
繼茂拜鐫
碑陰諸將題名自總兵許爾顯班志富徐
成功連得成以下藩屬共二百有二人

東山眞武廟

在大東門外三里土人奉祀北極眞武上帝者
也雲山護擁帶以文溪廟前小山如伏犀上植
孤樹俗稱劍樹枝榦聳秀高不盈丈數百年蔭
不加廣亦靈根也順治中總兵班志富大修葺

之廟西有碑爲藩司王庭所撰

威名草木識南中渴飲官屯戰血紅兵欲奏功民畏死

累他縛袴老元戎

順治庚寅王師屯近郊相持九閱月永歷遺將高必正來援總兵班志富領兵拒之軍人擾掠民村獵德李氏宗祠爲我兵佔踞復掠人穀畜村人李物華來訪營門班鎮乃厚責悍卒盡返所掠遣營吏李兆持名帖與鄉村約每日納芻茭若干兵士敢入村者貫耳淫掠者斬村人咸悅稱班鎮爲伯爺云至今尚稱頌之

東皐武廟

在東皐之陽採花橋西村氓告賽祠也兵燹之

後鞠爲茂草康熙時駐防鑲黃旗參領王之蛟建復於左右築詩社與番禺屈大均陳恭尹順德梁佩蘭爲社友廟工竣日鑄一鐘一鼎三子爲詩銘之斑駁離奇瑰列庭除往來才士捫挲如鑑焉

烏桕凝霜破廟紅獸鐶瑟瑟繫花驄陰廊神鬼時呵護一代詩王聚鼎鐘

鐘文正書梁佩蘭撰文曰　皇上龍飛之三十年春太原王之蛟與諸同人遊射於廣州東臯時見帝廟傾圮詢之士人云曾敬請修葺卜之皆不允似神欲有待也蛟素仰神之威靈重以斯言往卜之神若

日可因各捐金大興工作數月落成既嘉靈爽受勒
碑以垂久復銘於鐘曰精金翕施光氣　赤熛紅焰
分日青南方祝融驅丙丁洪爐巨扇　帝宮齋
肅天宇清一擊一吼蒲牢聲　南元氣騰空冥攡瑠
旱勉朝百靈維帝在昔征不庭戰行處所轟雷霆戚
揚天轉招搖星奸雄喪魄不敢聽贅關係予心膽傾
北南吳魏悉削平力扶漢鼎贔屭擎旂常日月同勒
銘何況殿闕升苾馨銀鏞鐵鳳交洪鳴噴薄忠烈通
精誠六鰲地軸橫三城迷民無耳無目睛劍輪湯鑊
彳亍行忽聞帝座洋洋盈入徹出壯音鏗鏘警回
蠢一旦醒曠然天地還清明

翰林院庶吉士順德後學梁佩蘭撰

又銘

不依不樹八音其諧鼓于神宮百靈以懷維帝之德
舒疾无乖鏗以立武號橫絡古鯨魚之發君侯赫怒
賊子亂臣震驚九宇番禺後學屈大均拜撰
康熙三十年歲次辛未春通議大夫鑲黃旗參領世
襲拜塔喇布勒哈番弟子王之蛟偕男王林敬鑄

案鐘式甚古豐隆如覆甕沿跗皆作垂花文虛可
五百觔藥亭先生正書全仿鍾太傅翁山則作大
篆行款高下不一而雄偉無倫大殿前置一鼎三
足無耳如博山鑪式一面題王之蛟偕男王𤦒敬
鑄一面則元孝先生銘文書法仿華
山碑而蒼朴古秀捫之生豔羨心

鼎銘
太陽之英烏金是鑛鑄爲斯鑪重於九鼎在漢之季
火德已微我公神武更揚其輝威震華夏赤符重興
君臣大義炳如日星昔鼎三分得其一足今公之鼎
徧於九牧五嶺之南三城之東瓣香常
存萬古精忠羅浮後學陳恭尹敬撰

火神廟

在東關糙米欄順治間兩藩下微營章京金有
賞臧成功等建祀祝融炎帝者也廟碑無存庭

植權枯焉
職比司爟賓祝融虎臣憑此奏膚功赤熛毒世無窮烈
聖澤如春訓戒中
皇朝初無火器崇德元年明登州鎮總兵孔有德等
航海歸誠 上幸海城受降接待 賜以殊禮
供張室廬下王貝勒一等侍臣有以爲疑者 上
曰我國兵威震耀中原所乏者攻守利器耳聞有德
隊內有礮匠百人嫺於鼓鑄今茲來歸殆天佑我大
清也因 賜新降之漢軍爲天佑兵旗用皁離取大
水火既濟之義次年在瀋陽鑄制勝將軍礮無敵大
將軍礮遂混一區夏撫定有開國之天佑兵居中權攻
則任礮戰則用鎗也五年定滿蒙漢二十四固山另
建火器專營漢軍八旗掌之每旗礮匠十名世司其
役勿得轉授外人禁滿蒙人不得習其技蓋古兵之
用火攻爲最烈鎗礮行世其害至酷 大聖人仁

育萬物不欲扇揚厥流寓止戈於虐焰之中每見諸聖訓間也

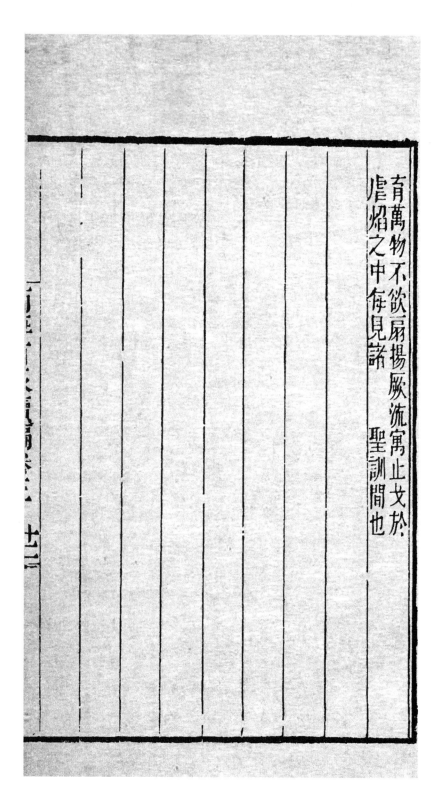

祠宇

盧公祠

在陶街旗衆建祀故鎮粵將軍盧崇耀者地本
明參政陶成布政使陶魯之忠勛祠舊址塑像
猶存去思德政碑乾隆間奉毀

帝念邊陲出重臣功留民口億千春新祠遂借忠勛廟
意者陶成得後身

公鑲黃旗漢軍兩廣總督盧崇峻胞弟初任世管佐領陞　孝陵副將遷京口副都統康熙三十七年擢廣州將軍駐防旗人向無借項公奏提藩庫閒款銀一萬兩存貯旗庫兵丁遇有紅白事件隨時支

借挨餉扣塡旗人稱便粵地草苦官兵拴養馬匹每多賠累公奏準添給官兵折乾草料銀兩每兵月給銀一兩二錢旗人生計遂裕其他善政至多四十一年十一月初四日卒於位八旗思慕不已建祠祀之

石將軍祠

在大北門直街旗衆建祀前鎮粵將軍石禮哈者塑象猶存去思德政碑乾隆間奉毀當毀碑之日旗人懼干察議改祠額爲鉅鹿書院栗主亦藏他處不知何時添入魏赫之主也

籌邊勝算寓精心廪有紅糧備歲祲充國屯田劉晏轉雄才眞合鑄黄金

公正白旗漢軍開國元勛石廷柱之孫尚書石文焯之子雍正四年由威甯鎮總兵官擢廣州將軍時穀價方昂公委員赴廣西融墟採買白米三千石以濟旗人五年四月奏請自備養廉銀一萬兩購穀二萬四千石建倉屯貯以備青黃不接之時每兵借給兩三石俾資接濟每石作價六錢按餉分月攤還俟穀賤之時糴補原額庶輪轉無缺奉 旨褒美並著各直省仿照舉行六年因公事與巡撫楊文乾互相訐奏七月奉 上諭石禮哈楊文乾皆實心任事之大臣但恃才自用二人俱欠和平今既不睦於地方無益石禮哈着調任福州將軍旗人攀轅走送思念不已遂建祠祀之至乾隆六年粵穀昂貴購買維艱將軍阿爾賽奏將石禮哈原捐之廉俸銀一萬兩穀價羨餘五千兩暫存旗庫俟穀價平定始行購買九年將軍策楞奏準在此項穀銀內提動六千七百兩每年歲暮各兵借給二兩俾資度歲分十個月扣還庶得旋轉其餘之八千三百兩解存藩庫嘉慶十五年將軍慶溥因漢軍餘丁繁衆人材可惜奏將存

藩庫之項交商生息添設無米養育兵餉而石禮哈之捐銀盡歸公款矣

何公祠

在陶街左司衙門內旗衆建祀故鎮粤將軍拜音達禮者塑像猶存德政碑奉毀祠之東偏則祀厥子前廣州副都統何天培也父子在廣最久善政至多軍民愛戴至今未忘云

櫪馬驚嘶漏柝遲門前戈甲女墻鼙斬關纔信高昂勇卅載巖疆臥老羆

公姓何氏正白旗漢軍由勛舊佐領薦擢至宣化鎮總兵官康熙十三年與巡撫楊熙奉調來防守廣州

十五年二月逆藩尙之信踞省城叛應吳三桂公偵知之與熙密謀潛出廣州疾趨韶關與征南將軍會兵以剿叛黨甫啟行賊黨堅閉新城各門勿令北馳公擁引衆躍馬關弧射殪其守將斬關以出單騎殿後賊不敢追既達韶關而征南將軍珠瑪喇由贛南亦馳至方圖進剿而之信已闔屬反正征南以公奪門全軍之事上聞得
旨嘉獎二十年藩難平設駐防八旗公授爲廣州左副都統與將軍王永譽籌辦撤藩各政咸合機宜二十七年授廣州將軍三十七年五月初七日卒于任在位二十餘載輯睦軍民整齊戎伍卒之日軍民如喪所親罷市哭奠建祠祀之子天培生于廣州能操土語洞悉民間疾苦爲公子時卽以協和軍民輯綏安良爲務以父軍功得襲輕車都尉世秩授火器營章京遷二等侍衛從征噶爾丹以軍功授參領四十一年授廣州副都統視部衆如家人父子生辰慶賀四民牽羊貢醴者盈于道路時論榮之四十八年以年覲
召對于養心殿
奏對稱
旨賞戴花翎五十三年陞江甯將軍雍

正元年計祭大典以在任毫無
建白且附和年羹堯勒令休致

楊公祠

在觀蓮街佛慧庵西紳民建祀前廣東巡撫楊
宗仁者德政碑奉毀栗主猶存今爲營丁佔踞
矣

三世承恩節鉞臨北門老柳幾重陰都人但解誇榮遇
誰識當年撫字心

公正白旗漢軍初任慈利縣令薦擢至大員以廉能
著康熙五十七年授廣東巡撫清理各屬虧空奏請
嗣後各州縣無論正雜款項隨征隨解勿準存積米
穀亦實收實貯倘因公挪移一經查出除將本人財

產查封備抵外所有失察之上司將其應得之項先
行抵補如數未敷勒限攤墊部議永為例雍正元年
陞湖廣總督首倡社倉四民報捐穀石至四十餘萬
之多整飭鹽政私梟絕跡蒙　旨優獎三年以疾
劇請解任時子文乾任榆林道奉　旨楊文乾賞
加按察司銜帶領御醫參斤馳驛赴楚奉侍十月宗
仁卒於任遺疏入奉　上諭楊宗仁敬慎持躬廉
能供職效力年久懋著勤勞自簡任總督以來潔己
奉公孤介端方始終一節茲聞溘逝深為悽惻著加
贈少保賞給騎都尉世職賜謚清端入祀賢良祠
御製像贊有廉潔如冰耿介如石之句海內榮之
子文乾服闋後陞河南布政司以廉礪有為擢廣東
巡撫在任清查保甲立納糧的名清册倡捐常平倉
穀奏定養廉加耗銀兩實政在民頗有健吏稱五年
乞假葬父調任福建卒於福州
文乾子應琚由世職薦擢至總督乾隆十九年調兩
廣以祖父兩任是邦遺愛在人瞻拜祠下置祭田如
干以為祀需大修水利廣置學田就鹽司公局建越

華書院以訓課鹺商子弟浚北郊諸甘泉以濟窮氓善政至多在任三載晉協辦大學士調任雲貴以緬甸軍務措置乖張正法軍前

金公祠

在大市街旗衆建祀故鑲黃旗佐領金瑞者今爲金氏家祠矣

輯屨蒙頭貿貿來嗷鴻滿眼不勝哀都堂濟變無他術
且借寒儒息禍災

瑞駐防正白旗漢軍由行伍至佐領委管將軍衙門印務雍正四年丙午廣州大饑五月巡撫楊文乾開倉平糶設廠於大佛寺廠役刁索民錢饑民大譁府尹陳鴻熙即時閉糶四方饑衆有自百里外來者詾

懼無所所出羣趨撫署喧求開倉聲勢若狂文乾不知所爲閉署不納有標兵閻本義者導衆由旁門入哄堂撾鼓屏座悉毀中軍官勒兵以備變亂饑民始鳥獸散去隨提老弱十餘人鞫詢亂者知由本義倡首中軍懼干吏議令本義匿他所捏稱閻本義係屬旗人移文提訊時將軍李杕與文乾不睦令旗員稽查册檔是否有無其人而鑲黄旗參領馬攀鳳稟稱遍察丁册獨鑲黄旗檔案有閻尚義之名未知是否金瑞力爭之門有與無據質咨覆可也奈何以疑似之名入訟牘耶尚義恐不免焉弗聽遂以尚義之名咨覆並聲稱其人讀書安分恐非倡亂者所賜訊明勿使牽枉云云次日撫咨來云據從犯堅供閻尚義即閻本義合即就鞫及尚義往質三木鍛鍊欲辯無由矣旗民同知汪若文以案無切據僅憑一面之詞未成信讞且旗兵無虜糴責官米何緣得至米廠倡亂求委員覆訊文乾大怒即日定案疏劾將軍李杕縱兵搶糧領衆倡亂並參及若文有意徇縱旗人矣九月上命侍郎阿克敦來粤查審卒如文乾初招

閻尚義議斬立決李杖照縱兵搶刦例革職戍邊汪若文照有意故出人罪例革職李杖亦騰章自辯未幾罷職北歸有龍川生員蘇孟起者俠士也館於旗境目擊其冤持香行呼於市曰李將軍爲兵受過吾儕當走送之撫軍倘有查究孟起請以身當於是送者盈塗李慰諭至再涕泣別去及尚義就刑之日孟起持隻雞斗酒生餞於法場詠所作輓詩痛哭而去從此旗人深惡馬攀鳳而德金瑞及其歿也爲祠以祀之

陳公祠

在大市街南旗衆爲故正黃旗參領陳佐聖建塑像猶存去思碑久毀子孫咸返京旗其祠今爲滿洲正紅旗官廟矣

口碑喈喈動江干公論何須俟蓋棺遺愛在人棠樹好
撫兵容易睦民難

佐聖原籍中州父尚志以參將隨左夢庚投誠授輕車都尉世職隸正黃旗漢軍兼世管佐領佐聖充本旗印務章京康熙二十一年設廣州八旗駐防佐聖以正黃旗參領率所部人日來廣南北異宜旗民殊俗佐聖殫心撫恤衆深賴之時廢藩滑卒尚有潛伏旗境者恐爲民害有張世序者尤橫肆佐聖縛付有司責遣同籍並察出冒籍充伍者亦勒令歸農旗制肅清卒之日軍民無不悼惜思莫領催王日勛等捐建茲祠肖像祀之同官馬爾愈題贊云公字君弼在任十七年康熙己卯卒於位返柩之日部衆思戀未已肖像祀之殆
古之遺愛也歟

峴山祠

在大市街南五仙觀前旗衆建祀故正黃旗參
領申文貴者峴山其自號也祠舊有德政碑久
已破碎南海縣志嘗採其殘文以入宦蹟類
草長墻根鐵尾青訟庭餘未任嚴刑精誠便可通真宰
大屋方塗唐炬停
公正黃旗漢軍字任之號峴山康熙四十年以驍騎
從征連州排猺軍功擢甲喇章京尋遷本旗參領掌
左司刑名時滿漢未設旗民通判員缺旗人詞訟皆
歸左司審斷有鑲藍旗某豪於財寵任一奴名四兒
强橫多行不法嘗以私撻死某之幼子而某弗知也誣控
其隣文貴廉得其實縛四兒一訊之即折服衆以爲
神雍正癸巳廣州饑文貴派赴粥廠彈壓廠忽被火
親督撲救幸不爲災而左足爲壞椽所傷因不良於

行遂請老乾隆四年六月朔卒軍民名往哭之就其居以爲祠題曰峴山祠云

石大司祠

在惠愛坊七約闔省紳民建祀前廣東巡撫石文晟者去思德政碑奉毀栗主猶存僱僧司香火後先輾轉今易去祠額佔爲佛院題曰廣福禪林矣

鼕鼓沈沈閉閤門頻燒官燭坐黃昏關心民瘼無輕重牘尾常看指爪痕

公正白旗漢軍開國元勛石廷柱之次子由佐領薦擢至知府康熙二十七年來守潮州以廉幹擢陞滇

藩四十三年授廣東巡撫下車之日即革除差徭採辦諸積弊蓋廣東經廢藩之後疵政尚多未除公一洗而去之州縣徵解本色禁折色浮冒一時稱便時徭排未靖公大徵之未幾陞任楚督四民思之尸祝乎此雍正初奉入賢良祠復祀粵東名宦

蔡將軍祠

在新城東橫街旗民建祀故鎮粵將軍蔡良者雍正十年奉　旨各直省創建賢良祠以奉祀歷任文武大員有功德實政在民者有司就公祠爲賢良祠乾隆八年始別造專廟於東校場是祠遂廢近爲廣協礮械局矣

虎賁健鬭未知方遼藩濆風詎敢忘天語渥褒威克愛
半生勛蹟類龔黃

公正白旗漢軍將軍蔡毓榮之子由佐領出爲福州
參領雍正二年陞漢中協副將遷延綏鎮總兵官四
年調贛南鎮九年陞福州將軍疏奏駐防旗人游手
好閒令各官勒其習學技藝稽其行走倘品技不
堪不但不准挑選公缺即本家缺出亦不准撿選得
旨優奬六年奏立查事官兵專查旗人飲博游
蕩之事亦奉 優許十一月疏劾福州協副將金
國泰遊擊吳廷元酗酒不職 上諭內閣曰覽蔡
良所奏具見實心任事伊名下有代父賠項著加恩
豁免七年奏請嚴禁駐防旗人不得私買民間子女
以杜準折威逼諸弊奉 硃批實力整頓勿始勤
終怠可也六月奉 上諭蔡良約束兵丁勤愼得
法著調廣州俾資整頓九月到任即奏稱駐廣旗人
向樂嬉遊不安本分但廣城旗民雜處易滋引誘請

行保甲以除奸弊奉　硃批此為養兵根本之道愼勿稍忽九年十二月卒於位旗人為祠祀之十年奉　上諭將軍蔡良與提督張起雲總兵蘇大有魏國蕎均勤勞王事著有賢聲宜在賢良之列著各直省建祠祀之後公蒙
恩賜祭葬諡曰勤恪

石公祠

在新城外河干潮音庵東紳民建祀故兩廣總督石琳者祠有總督彭鵬題額其跋語云琊公制粤民稱之為石佛蓋古之遺愛也楹有總兵呂孝德句云鍾長白之精英猺獞黎苗無不化向奠中黃於磐石楚滇吳越咸被深仁論者稱

其駭切

司空題碣呂侯詩一樣攀條痛哭時始信峴山羊叔子

動人淸淚只殘碑

公正白旗漢軍開國元勛石廷柱之第四子由佐領轉禮部郎中出爲山東臬司陞湖南藩使尋授湖南巡撫康熙廿八年總督兩廣三十一年奏添瓊州賓停營以防生黎三十五年東粵饑西粵遏糴公創爲融通之法以東鹽易西米爰有泛舟之役復設粥廠以食餓者存活甚衆會西潦盛漲南海之桑園各圍紛紛崩潰公率吏役往救時狂風暴作水頭高數丈直撼隄基萬衆駭奔公跪禱崩岸水頭驟落丈許隄得不潰三十九年瓊州生黎擾亂公提兵進剿斬首逆王鎮邦等而黎亂定四十一年連州排猺備亂侵及連陽一帶公察其山川剿撫兼施猺民乞撫乃於華猺交界處添築三江城調副將守之在軍歳餘染

瘴臥疾　上遣使垂問　賜以藥餌珍品是
年十月初九日卒於位百姓巷哭罷市往奠焉

李威勤祠

在大東門外線香街紳士建祀前兩廣總督李
侍堯有德政碑久毀門堂仍存

多事巖疆想霸才旌旗色變李臨淮民能安枕軍貼伍
刁斗無聲月滿街

公正藍旗漢軍勛臣李永芳四世孫世襲一等威勤
伯乾隆二十年　廷議裁汰廣州八旗漢軍兵之半
另調　京城滿洲八旗兵一千五百名挈眷來廣滿
漢合駐乃擢公廣州將軍以爲安撫新舊兵換防事
宜公處置平允旗人感賴之二十四年坐陞兩廣總
督歲大祲市粟驟昂有以平過市價爲請者公曰是

速民閉糴也乃發帑招商四出購米復懸厚值買穀塡倉於是米航爭集市價大減其他濟變機謀層出不竭尤嚴於緝伍安民肇協營卒滋擾曲肆辱及高要令公立斬悍卒五人梟其首於市民心帖服二十七年調浙閩民思遺愛共建是祠

牛公偶憩祠

在李威勤祠左康熙時軍標營衆感賴前副都統牛鈕之恩及其去也就其閱操避雨之處爲廟祀之題曰牛公閱操偶憩處亦棠舍餘意也

軍容七萃閱郊垌小隊衝寒騎偶停從此棠陰生敬止觚稜開對射場青

公鑲白旗滿洲康熙三十七年由侍衛擢廣州副都
統撫御軍卒慈惠而嚴軍標綠旗舊額有馬兵三百
名時奉部議裁減公與將軍拜音達禮方持不可咨
覆兵部營衆深感之其他善政尤多三十九年去任
軍人祀之廊下有斷碣自中軍守備
孫化鵬等題名者二百有三人焉

王都堂祠

在西關荷溪之西廣民建祀前廣東巡撫王來
任者遺愛碑奉毀祠亦圮廢居人稱其地曰都
堂園云

萬口讙呼積痼裁十州深慶賈琮來老臣遺疏無他語
特請天恩海禁開

公正黄旗漢軍由部郎保薦康熙四年擢廣東巡撫到任之日即因藩府驕侈病民疏陳東省六大害一日差徭折色二日民船徵稅三日官員採買四日藩府私抽五日州縣匿盜六日營役擅殺疏凡萬言皆洞切民瘼者奉　旨允行一時强藩豪吏爲之斂手未幾臺逆盜邊海禁令行粵民失業者尤衆公騰章力爭謂粵地海多於山民以海爲命概禁其出入是迫之爲盜非計之得也前後五疏咸格於部議粵人稱爲王青天七年以罣誤罷職廣民潘世祥等百餘人詣　闕請留既至而公卒痛哭於鼓樓大街公宅前而還公有遺疏惟請弛海禁以甦民命會　廷臣亦以爲言　詔加所請沿海萬戶無不立廟尸祝之者今東順香新四邑遺祠尚多

忠襄祠

在歸德大街忠襄里內祀明高廉兵備道謚忠

襄毛吉者毘因公得名祠宇廢圯故址今改爲
紫霞庵女尼居之矣

矢竭援亡一騎存憑將頸血報君恩裹屍自有南來革
敢以官錢贖毅魄

吉餘姚人天順時分巡高廉道成化元年新會寇警
吉偕同知陶魯合攻大磴逐賊于雲岫山分三路截
劉會陰雨爾隊失期吉所帶入賊壘爲賊所乘我兵
遂潰吉遇害逾八日始得屍貧無以爲殮驛丞余文
陰以官項錢治喪具授其餘於其僕使爲返櫬資是
夜僕發狂踞坐中堂作吉語曰速請夏憲長來家人
走白臬司夏塤塤急至殯所僕起揖曰吉受國恩不
幸死於賊命也今余文擅以官銀付吾家雖無文案
可稽然吉負垢地下矣急還官勿汚我言訖仆地
於是返其銀於官後賜謚忠襄奉敕建祠祀之

陳太保祠

在光孝街興國禪院內地即明太子太保左都督高州鎮總兵官陳璘故居公爲一代名將功在東南殁之日官即其故第塑像祀之國變時燬於火里人取其址爲佛屋而塑像未敢廢祀之於神座之末

羅旁鵰剿最先登夜走蠻磎嶺萬層欲洗祠碑荒誕語
好將佳傳勒妖藤

璘字朝爵翁源人由行伍以軍功晉擢至高州參將從廣帥淩雲翼征羅旁峽猺匪璘爲前鋒所破賊巢

九十餘寨斬獲獨多後分十路擣其老巢璘由信宜路進兵首破賊巢取其地置羅定州加璘總兵銜鎮守其境後遺孽復叛璘統銳卒破其石牛青水諸險寨猺亂乃平相傳璘進攻老巢時溪有妖藤晝沉夜浮猺賊踏之出刧官軍逐之則高峽深溪不知賊所出沒璘偵其稔夜領死士斬斷妖藤猺不得渡遂大破之其妖藤舊藏司庫乾隆時尚存今亡矣祠碑荒誕無稽且妄揑神銜及生辰月日皆不經之談也

張毛兩尚書祠

在文明門外青雲橋南廣人建祀明尚書毛伯溫總督張經者後廢圯康熙初平藩下總兵官許爾顯嘗修復之祠碑無存

萬里招攜具遠謨八蠻革面貢明都青雲橋畔三間屋

萬意同他兩丈夫

嘉靖時安南莫登庸之亂兵部尚書毛伯溫來廣東與總督張經會謀進取師出而登庸降旋軍而定思恩九土司及瓊南生黎粵人德之建祠合祀國變時毀於火總兵許爾顯嘗營於其地乃修復之爾顯鑲白旗漢軍父許定國明睢州總兵順治二年率衆歸誠授一等昂邦章京爾顯世襲三等阿思哈哈番從平南王復粵戰功最優順治十三年陞潮州鎮總兵官初潮民與藩兵日相水火爾顯在鎮惟以輯伍安民爲務號令森嚴潮民悅服十六年調任增州潮人赴省籲留其呈詞有云許鎮在潮不但四民稱便即每歲換防之兵弁過境各州縣深受其福云云潮之道府州縣各官均各申稟請留巡按張問政據以 上聞奉 旨許爾顯準留鎮潮州以慰民望事詳載於通志張問政傳內

吳八相公祠

在新城濠畔街里人建祀明義士吳八相公者

至今香火猶盛

歸途白晝見彭生汲者聯肩嘅久晴從井救人憑一念

從來僊佛最多情

相公不知何名紹興人明時未建新城之時南門以外舟楫可通珠舡綺寮迴繞城隅濠畔皆估客寓舍也相公買於粵寓前有巨井遠近皆汲食除夕相公往汲見鬼物踞井而戲怪詰之答曰吾疫神也明年大疫盛行吾散疫于井水食之者必疫死逾七日可無患矣言訖失所在相公遂守井不去來汲者咸告以故至第七日忽自投井死矣坊人義之葬於井旁爲祠而祀之

兩太尉祠

在佛山鷹嘴沙鄉人建祀宋温許兩太尉者祠
宇狹陋而香火至盛俗稱臨海廟是也

死衛鄉閭姓字馨客航千里往來經溪山漩抱林原美
此地眞堪聚百靈

按里人龐尚鵬碑畧云佛山臨海廟祀温許二公相
傳爲閩右著姓宋末廣州亂死徙無甯宇二公獨倡
大義屯兵靖難羣推爲太尉歿後鄉人不忘其義建
廟祀之正統己巳黃蕭養之難鄉人禱於廟率衆禦
之神默爲之佑賊斂舟去自是佛鎮偶有盜警輒禱
以禦無不奏效云每歲孟春演戲賽會估舶雲屯至
夏乃輟他祠
鮮能及也

先鋒廟

在小北門內黌橋側里人建祀宋末急脚先鋒楊四爺爺者碑云神宋末時爲裨將有國功死之日服嶺以南咸享祀之明初邵宗愚之亂神率陰兵以禦賊故祭賽尤赫而祭必以犬右班勇爵奉之彌謹

丹荔黃蕉侑桂觴依然烹狗在東方一從齋禁沿寰宇斯禮幾同告朔羊

祭大夫以羊士以犬古之鄉禮也自不飲酒不茹葷之說興齋禁飲酒食肉矣自殺生果報之說興而牛犬之味不登鼎俎矣享祭舊禮猶得於先鋒廟見之神其守禮而通經之士哉

忠義流芳祠

在佛山祖廟西偏鎮人建祀明義士倫逸安等二十二人着地有盜警輒著奇應

繞市長呼萬衆從禾叉魚弩捍賊鋒民知大義原無敵俎豆千春起懦庸

明正統十四年土寇黃蕭養犯省垣流刼至佛山義士等率衆禦之列水柵木筏以待賊至衆鳴金譟擊大敗賊隊斬其僞將軍彭文俊多名賊復大集戰艦四面疊攻舟爲義民所燬斬獲無算時有田州經歷曹謐者亦合鄉人保障十三鄉多殺賊徒藩使揭稽題請旌獎咸蒙優叙鎮人不忘其德別立專祠祀之今十三鄉羣呼爲忠義鄉云

愍義祠

在瀾石鄉嘉慶時鄉人建祀太學生霍永清者永清保障鄉土死難最烈總督百齡親往奠之題其祠曰愍義巡撫韓崶題楹聯云自古皆有死所欲甚於生遠近榮之祈禱多靈驗

誓與逆徒不共生纛旗飛動寶刀橫黃沙血濺紅三尺夜化長虹貫太清

義士南海瀾石鄉人以公正見推鄉里嘉慶十四年海寇竊發竄及省河義士糾衆保鄉立水柵礮墩以自衛八月賊犯瀾石義士引炬燔之賊狼狽遁盜首張保必欲破之聯百三十餘航繞其村前潛透蛋角

爲內應令戈船伏於隘前後夾擊會汐潮盛漲鄉勇不支疾退走義士苦禁之不得乃領壯士五人向前搏戰殺賊數十張保用伏礮傷其膝始仆地怒詈不休賊支解之五壯士咸死焉村遂破焚掠至慘義士之女細姑罵賊死事定鄉人義之建祠於河灘塑像中坐而壯士梁亞近陳亞昌郭亞二張廣明鄧昭明五人亦肖像陪祀別爲香龕以祀細姑稱曰烈女云祠前石垣尚存義士之血跡風雨洗之則現青琪色至今未滅也

南海百詠續編卷三終

冢墓

君臣冢

在大北門外流花橋南象岡礮臺下明唐王朱聿鐭暨其臣蘇觀生等十五人攢葬處也粵民呼之爲君臣冢荒壠數尺卓立於菜畦間百年來耕人無敢犯之者既乏題碣又非兆域過者忽之予嘗與同志謀售其地築塋立碑以表之惜未果爾

馬血人憐作一墳宮蛙冷吠北邙曛葫蘆依様描天水

風雨厓門大似君

順治丙戌春明唐王朱聿鍵被執於閩其弟聿𨮁航海奔廣州舊輔何吾騶蘇觀生布政使顧元鏡總兵官林察等擁立之僭號紹武稱制恢復是年十二月我總兵官佟養甲副將李成棟充復惠州疾趨省垣令前驅衣明人裝飾紅帕裹首詐稱高守諒之援兵十五日用惠潮道印文詐開大東門聿𨮁方在校場閱射聞變與御史羅之玉易服宵遁十六日至羅岡洞謀奔肇慶十八日為邏者所獲宿瓦窑村神祠內聿𨮁踞地南面坐不食亦不言邏者婉勸之答曰吾明之藩王也曾稱制四方今欲汝一勺水何顏見先帝於九京哉夜起投繯死之玉自殺邏者以屍獻觀生先自縊死何吾騶顧元鏡林察皆降遂斬其周益遂三王及宗屬於校場事定蕃用命收聿𨮁觀生之殘骸十五具攢葬平此行者傷之封土為壠焉

教門三忠墓

在流花橋北順治庚寅大城既復回民收瘞明四衛指揮使羽鳳麒徹之浮馬成祖三人者舊碑已失通志紀其缺文蓋以死報國忠於所事者也

流水桃花古道傍都人和淚葬三良諸君平日譚天理媿彼兜鍪識紀綱

三人者本南京回民成化時調征徭排有戰功奏留廣州置四衛以安插之加指揮世職有差鳳麒字沖漢祖羽士夫馬成祖之祖名黑麻皆指揮使永麻僭號時三人以擁戴加都督同知衛庚寅大城被圍鳳麒拒守南門晝夜罔懈及大城不守杜永和張月等將南遁有邀鳳麒走者痛斥之閉家人百口於一室

禁勿出遂戎服自縊於城樓之滸及成祖亦殉家口悉被俘有都司崔應龍守備郭瑶者覩三君之義烈亦不降自刎死回人用其舊俗藁葬乎此繚以重垣築成圓壠題曰先賢古墓雖不止一骸之葬而稱賢稱忠實因三人也

番禺屈某銘其墓曰南門乘墉自春徂冬臂爲雁翅横絶西東公之死守敵弗克攻西關之嶴范伯不忠佛郎巨礮反擊豐隆裎身受鏑公當其衝城亡慷慨以死自雄髑髏臺上火首惟公國殤百萬於爾尊崇招魂而葬坯土中夯千秋毅魄永保佗宮

蟻墳

在北郊柯子嶺之陽明昭勇將軍廣州右衛指揮使張翱葬焉土壠殘缺爲人侵葬殆盡相傳其子佑營葬時舁柩至嶺而山雨大至及晴往

視則萬蟻嘬土封柩成墳矣地師來占僉曰上
吉戒勿動佑培土成隴後貴爲副將多著戰功
西風禾黍攬涼曦四野牛羊下坂時若斧若堂叢葬處
試捫頑蘚讀殘碑
按明史張佑傳佑爲廣州右衛指揮年十九從征禍
元祖先登有功正德二年擢指揮僉事守備德慶諸
猺聞宅咸遁去移守惠潮擣盜魁劉文安李通寶賊
巢平之又剿平會甯巨賊邱區長等斬千二百級勒
銘大隆山嘉靖十一年討高州賊趙林花深入多所
斬獲中老疾卒則佑固一時健將墓有梁文康撰碑
郡縣志均未採謹錄之以備搜訪者
明昭勇將軍廣州右衛指揮使張翺墓　華蓋殿大
學士梁儲撰文
我國家重報武之功賞延於世然非始立功之祖實

有才能忠勇可以報國於其先則其子孫亦未必能世省其德而食報於後也故昭勇將軍廣州右衛指揮使張君翱者其曾祖諱祥在洪武永樂間南征北伐百戰成功後征南交以死勤事生嘗拜江西都指揮僉事之職歿則子孫受世襲指揮之命豈非才能忠勇可以報國而子孫食報乎是此君家始立功之祖也君之祖諱雯尚南豐郡主儀賓未襲職卒其父諱應隆者始襲焉爲君之身復襲焉君之子名祐若襲焉然君既襲職於成化之己亥年而遽歿於宏治之戊申歲壽纔二十七耳甚可悼也顧其平生家世素貧之而能自守騎射素優長而能兼習文事同佐上下咸敬愛之軍功雖未見錄而恩䘏亦鼎來於自後其賢可知矣祐守天祐自襲以來智名勇功著於上下祐屢膺指揮僉事守禦惠潮地方充右營參將復分守柳慶等處再擢副總兵鎮廣西晉都督同知功益著官益進名益顯誠可謂有祖而亢宗者矣君葬於番禺柯子村東坑嶺夫人王氏祔焉嘉靖　年甲申十二月廿四日孝子祐拜勒

明處士施焜然墓

在小北門外臘茶坑殘壞無碣僅存土阜耳

世爵應同國始終全家就烈幾人同荒阡嶽嶽餘生氣風馬雲幢降鬼雄

施氏番禺人先世以軍功授指揮使世職昆季五人咸有令望庚寅大城被圍兄昭勇將軍燀然從巡按王化澄禦守西門城破之日巷戰以死子成基廷基皆殉季弟煒然煥然奔從桂王於肇慶爲護駕將軍亦先後死於難惟焜然獨存未幾卒遺命葬於母側同邑王孝廉哀之爲墓誌以表之碑久缺泐其銘盛傳於世

銘曰國初勛庸厥有施公南從朱廖底定番禺一官二舍世祿允豐三百餘祀十九飛龍恩爾一衛與子男同子孫何德所賴祖功自宜死國天室始終九世

昭勇將軍寶忠西城困守裏瘡執弓巷戰殲敵血濺
佗宮乃君之弟是日孺宏君念天顯怨毒塡胸反戈
難闕憤塞蒼穹還依聖善以孝代忠有弟孺昭先羅
鞫凶轉餉齊魯死爲鬼雄餘君爲子靡敢匪躬遺命
附葬臘
茶籠從

皇朝高州鎮總兵官盧可用墓
在小北門外鹿鳴岡雲礽微替石獸推殘左右
咸爲村人盜葬僅餘尺土耳

探春無地駐吟鞭來訪盧侯舊墓田猶憶海城行殿裏
玉音親賜紫貂年
可用登州人明季從軍海上擢旅順營千總隸中軍
李維鸞標下壬申旅順兵變改隸參將尚可喜隊內

隨可喜巡海遇暴風舟覆與可喜抱壞舟得達趙家港登州水師游擊祖大弼疑爲刦盜縛送監紀太監高起潛鞫訊之可喜呈其號衣烙記始得白次年奉派巡查廣鹿島與可喜在洋面緝獲巨盜多名解交島帥沈世魁審辦沈故與可喜有隙誣可喜逼良爲盜畱諸獄奏請誅之可喜陞縣之許可用說之曰公束髮從戎海戰十有七載父母妻子咸皆散失亦云勞矣今巡洋獲盜宜應懋賞而忠功者媒致其罪必欲斷吾儕之首天下事尚可問哉且毛元戎何等人也手握兵柄身捍東陲袁崇煥一介書生因片語立斬纛下況吾儕末卒乎公宜自計之可喜垂泣曰爲之奈何可用曰方今大清國延攬英豪赤心待人內地投誠者無不量才器使公奈何以不貲之軀屈死於庸奴乎耶可喜曰君計誠善然吾何敢叛可用退與守備金汝貴議曰尚公多謀罕斷吾兩人默相之可也陰自至海州泥首輸誠我　太宗時駐蹕海城郎引至帳殿慰勞至再　解所御貂裘以示信並訂明來歸月日可用奉　命歸廣鹿出以

示可喜可喜曰此天意也甲戌元旦可用領親軍人
中寨擒副將俞泰亮仇震等釋可喜因引戰艦十有
六路定廣鹿大小長山石城海陽五島地合大小戰
船二百餘號官吏兵民一萬二千人泛洋至海城投
降而我內院范文程都統陳旦木稹奉 旨率大
隊駐劄紅嘴堡以禦迎師兼迎降人矣既至咸薙髮
易衣冠引 覲於崇殿 準用滿洲抱見禮
親加詢勞可喜等感恩過望次日禮親王傳
旨尚可喜暫加總鎮銜賞元狐端罩一襲上方珍品
各件可用亦加參將銜木筏首一等阿達哈哈番後
隨平南王南征屢著勞績順治十
二年卒於高州鎮任內可非於此
皇朝韶州鎮總兵官田雲龍墓
在白雲山蒲磵之巔下即蒲磵寺寺爲嶺南名
勝庚寅之役雲龍駐營寺前愛其林巒事定之

後出鏹重修廣植松篁募衲看守遂爲田氏香
火院嘗自營生壙死即葬之
家獸縱橫沒草萊濂泉幽咽鴂聲哀風流故將誰從問
壠畔青青試馬臺
雲龍正黃旗漢軍世秩騎都尉入粵多功充平藩下
部鎮總兵官與班際盛盧可用張國勛等稱爲四貴
康熙二年往收瓊南隨都統倘之孝進剿那略寨一
路時巨寇楊二楊三等聚兵白鴿寨以拒官軍之孝
令廉鎮栗養志海安協江起龍爲總統副將張璋爲
應援並力攻剿雲龍首奪其鼓嘴牙山寨擒賊魁爲
德義等進抵那略生擒得廣西巨寇黃國材及廣州
適寇嗣有逋等二十名斬百六十級獲僞總兵關防
一顆糧械無算而隊內之參領劉文煥攻克海魚坪
參領李光宗張國祥亦攻克沖淪抱總王應龍乘夜

奪得大峴山釋回難民男婦十餘
口那略一股全平論功晉一秩

王姑墳

在小北門外金臺嶺平南王葬其郡主處也郡
主許字靖藩之子耿效忠未嫁而殤葬於此

六街僊鶴舞徘徊玉碗金燈映夜臺紅遍杜鵑青遍草
紙錢那見粉侯來

平藩葬郡主時備飾終之典一依宗藩格例撤藩
後內大臣尚之孝請旨來粵遷徙父兄諸殯歸葬
海城祖塋是墓已經遷移然王
姑墳之稱廣人至今未改也

皇朝懷遠將軍董忠吾墓

在東郊地藏庵側殘敗特甚僅存斷碣然靈奕
弗替村民奉爲社公以祈年焉

缺月零煙冷殯宮棠梨花放鳥西東一坯黃土千金骨
輸與村氓作社公

心吾山東萊州人由福建水師薦擢至副將康熙二
年從討洋寇時香山之黃梁都赤坎三灶高浪諸大
島以及新安所屬之大奚山新甯所屬之上下兩川
皆爲巨盜淵藪心吾同總統張國勛領舟師先克黃
梁三灶兩島斬首逆趙劈山趙麟生等復會副將湯
有功劉國華等分隊進剿大奚歷源兩寨我守備佐
領張國祥提獲大嶼口之賊船糧石頗多游擊曹之
捷時應運等亦攻克胡盧灣諸賊巢惟茅灣叢岙壘
嶂礁浪最險諸賊聚而守之左有野牛塘右有蠟燭
灣諸賊爲之應援心吾乃令把總何德勝駕拖罟船

柅南嶼一帶防賊外竄大軍分三起進攻左隊先破
野牛塘賊驚遁右隊亦焚蠟燭灣大巢大船順風駛
進芋灣我兵登桅飛躍至山拋擲火毬火罐賊大駭
竄鼠而匕吾領勁卒直撲正面砲石如雨自巳至申遂
克茅灣死者山積搜剿不留噍類次日大搜芒洲石
筍高冠西坑茶灣北坑鮎魚諸小島殺賊三百餘將
所有之屯寨寮船焚燬無餘參將范明進剿於野豬
洋口截殺逃賊無算蓋自明亡海氏嘯聚洲島二十
載良善不能安枕至是乃剿洗之海甸遂清矣
而匕吾之功爲多卒葬于此子長泰亦官于粤

皇朝驍騎將軍范士佶墓

在東郊卯子岡墓石之雕刻甚精碑誌僅存生
歿年月其官階事跡絕不紀載

亂後川原戰骨多陰厓幽閟鎖蒼蘿弓藏狗烹田廬改

只有將軍績不磨

士信海州人以從龍授都司職隸總兵班志富麾下庚寅之役領兵守石岡壚以防東寇而水師造其將高必正率戰船來往於黄埔官山門大石海口遂爲聲援而接濟糧米也杜永和時遣其廣協副將蘇文光僞扮農艇遣伏夜遊以通消息士信偵知之授計於慕德里新降巡檢王世爵誘而擒之獲其書信軍報南戶面上是敵之虛實乃得遂作水柵于沙河口及東濠口不幾日省糧大困城克敘功錄優等應治九年從征連州排猺同副將茅葸生駐兵山陽城師久無功染瘴撤還以康熙辛未三月卒子可文奉葬於此

皇朝誥贈中憲大夫程儁墓

在東郊駟馬岡西墳壠堅樸林巒秀美墓前石

碣雙峙左碣大書平南王禁令勿許軍人踐踏
士卒牧馬右碣則書巡撫部院示永禁四民侵
葬村人樵採兩表竝立望之凜然
古花幽草葬詩人語燕差池未老春雙碣來前書特禁
不教牛角礪麒麟
儷卿康熙時秘書院侍講中書程可則之父可則於
順治辛卯科會試中式第一名磨勘被黜留中書効
力才名傾動朝野會征西將軍王進寶與平逆將軍
趙良棟爭功互訐公奉 命征山西察審勘斷得其
實復 命之日奏稱對 旨以道昔陸用適封
翁歿於 京邸公奉櫬歸葬省垣白雲南山以下文
武百官咸集士論榮之墓誌銘郎公門下生大學士
成克鞏撰文二公皆一代名臣其著作均堪訓後茲

備錄全文俾志乘有所訪採

敕封徵仕郎內秘書院誥敕中書匪凡程公墓誌銘

少傅兼太子太傅戶部尚書保和殿內秘書國史二院大學士侍生成克鞏拜撰

辛丑秋中翰程君奉使靑齊歸奉其尊人匪凡公至京道貌森然望而知爲耆德通儒越陽月三日爲公攬揆辰中翰之僚友同年輩行爭爲詩若文以壽公自念程氏自明道先生後遷居嶺南十八傳始有中翰以科名第一人顯中更滄落復得服官禁廷贊草外制則此稱觴介壽之一日非六十餘年之一日而十八傳之一日也夫是以色然喜又悄然悲然是時間關萬里撤轍停驂筋力憊矣竟以明年正月七日終於邸舍嗚呼悲哉公之來都也將欲覽宮闕之峩峩探幽燕之名勝嘗語人曰嶺南無雪老人目所未覩自此薊門積玉柔乾鋪練可以收貯詩囊矣乃是冬不雪易簀之明日乃雪嗟乎以登臨舒嘯笑歲時風物天猶靳予之而況其身若子之遇不遇乎豈有道先儒如明道先生者既以學窮其身又以學窮其後

乎抑元氣斟酌豐彼嗇此僅能使其讀書明道遂不能以榮膴兼與之乎是不可問已是歲三月中翰扶櫬歸葬麻墨滂泣以狀來請銘於予予忝中翰一日長且朝夕直廬得稔其家學所自竊知公最深遂不敢辭爰及葬期誌而銘以歸之按狀程氏自周大司馬休父封伯於程子孫遂以程爲氏漢唐五季代有顯人至宋爲明道伊川兩先生明道之子端懿生子昂當南渡時攜家譜及其配邵氏避亂南雄珠璣巷後入廣州南海鼎安坊大同甲家焉既歿葬大同西樵山子孫日盛十三傳至月洲公進賢富而好禮有司舉於朝授冠帶鄉里賢之又一傳至少山公驤驤生三子仲氏雲浦公宗正著書懷古爲里塾師是生東垣公應庚則匪凡公所自出也東垣公聰穎富才藝事親以孝聞乃獨短於數年二十七而歿時公方四齡寄育于文學宇參徐公家故公初以徐爲姓徐歿公制服盡哀其後爲之植繼嗣撫有成立公之報徐可謂有禮矣事母陳太君孺慕六十年弗衰其服勞奉養可謂極人情所難者自年弱冠經明行修國

中子弟翕然師之有伯起康成之目當時有司加羅
侯萬爵張侯國維孫侯襄汪侯運光謝侯泰宇皆名
流望輩屢見賞拔督學何使君三省錄爲廣州弟子
員時公年已四十可謂艱矣棘闈數戰不利而以所
學傳之中翰中翰以父爲師辛卯薦鄉書壬辰舉南
宮第而公視之泊如也庚子中翰爲今官遣使迎養
辛丑春正月　今上登極覃恩封公如中翰官夏
五月中翰頒　世祖章皇帝尊謚詔于魯齊公遇
於清源舟次迎之至京越明年春而逝嗚呼悲矣公
于書無所不讀著作行世皆能暢明道先生之旨又
窮搜遠探百家九流無不賅且洽者爲文若柳州爲
詩若淵明樂天見之合肥龔芝麓總憲所稱海內然
之居恒喜怒不形時獨立空庭仰視雲際輒忻然忘
倦性情樂易童豎得而親之至登皋比堂坐講帷雖
貴游子弟及名諸生不稍假顏色恒指天示人曰此
公耳目甚聰明記性甚長遠善惡必報無纖毫欺飾
信袁了凡功過格老而彌篤蒲樗圍棋一無所好丹
青花鳥間爲之不求工興盡而止少好遊里中白雲

濂泉月溪諸勝時戴瓢笠獨行其中惟留心二氏內典道藏以時齋戒持誦手錄箋釋無算疾革時夢一人告曰公車騎已至寶涼山矣越日危坐而逝豈偶然哉時康熙壬寅年正月初七日距生於明萬厤癸巳年十月初三日享壽七十歲元配梁氏番禺人繼配陳氏本邑人皆有婦德先公卒公諱僊字匪凡廣州府儒學附生以子可則官受封爵長子可法早卒次子可則中式大淸順治辛卯科廣東鄉試十五名壬辰會試第一名初仕內秘書院誥敕撰文中書三可舍俱元配梁氏出孫衍祖逖祖宏祖俱幼以崇禎癸未年十月梁陳二孺人柩偕葬于廣城東門外祖塋馬湟水至是康熙癸卯十月奉公柩葬于兩孺人舊壙之上爰爲之銘曰

南海汪洋山萃聿炎與告靈哲人出當靖康年乾符軼伊洛之裔來卜宅十八世孫才無匹元鐙一熠繼經術溯其所自民而逸褒衣博帶內行密胸貯萬卷時抱膝鹿門攜家静琴瑟晚來遊京塵沕沕一疾弗瘳永世畢有奕丹綸賁皇裔濬發幽章如出日馬湟

之陽土石栗泉宮一永闕壑
綠漆繩繩爲爾綿聲實

皇朝驍騎將軍管亘忠墓

在東郊綠竹岡墓碣半殘石供器猶存
雨捷蒼梧雨突圍血花如繡滿弓衣當時也有馮征虜
倚樹無言破敵歸

亘忠鑲紅旗漢軍隨平藩南征充礮營游擊所向有功順治九年西賊李定國寇廣西七月初四日陷桂林定南王孔有德死焉十年春進逼梧州官軍不支守將線國安奔德慶賊順航抵肇慶分兵四掠廣甯四會相繼淪陷而岑溪之山賊宋國相率賊應之三水淸遠一帶咸寇兵定國圍攻肇慶結大營于校場守將許爾顯卒兵民乘城抵拒令亘忠突圍至省乞援三月朔兩王親提勁旅往援平王遍閱形勢謂諸

將日賊以重兵綴我備以輕騎由綿津偷渡兩日即達省城我進退失據此危道也令靖王駐兵西南墟以防南竄靖兵甫至三水賊騎果大至殲之殆盡平王入守肇慶築東西兩礮臺以擊賊營賊掘地道以藏身我礮不能及平王令毁兩礮臺而奪賊之地道諸將曰礮臺爲肇慶屏蔽奈何毁之平王曰賊在地道礮不能及雖有兩臺安所用之能奪其地道不患無守也我兵果往奪敗攻其甚備地道不能得四月初八日王乃令日有能奪地道者人賞五十兩我兵爭出卒不能前王怒曰今日不能得地道兵將咸斬於是奮力爭先良忠率礮兵投以烈炬而扇以皮牌地道賊皆成灰燼騎兵復奪其龍頂山之營定國急移營五里官軍又破之賊乃退肇慶圍解論功良忠晉一秩次年定國又犯肇慶爲礮船所敗乃圍新會而良忠在事有功爲勢家所抑終於游擊加參將銜而已

皇朝游擊將軍孫友明墓

在東郊駟馬岡後墓門棘枳羊矢縱橫僅餘尺碣依稀可辨蓋子孫零替祭掃無人者也

爲聽憨鵰住草鞋斷碑脫字手頻揩絕憐一代勛猷客死與牛醫狗卒儕

友明登州人充明登鎭守備從參將尚可喜歸誠島帥聞警遣鹿島守將馬建功長山守將孫奠邦王廷瑞等率兵追捕友明斬奠邦始達海城授都司銜守金州庚寅隨定廣東功加副將順治八年同總兵郭虎收討惠州明都督薛進踞城不降官軍屯五坡驛會總兵班志富統大隊由羊蹄嶺疾馳至合兵進攻惠城旣堅峻中隔浮橋友明用竹囤積砂石其中安大礮於上遙與水東門齊連夜擊之敵盛兵嚴禦而北面兵稍單總兵黃應傑引兵疾攻其北郭城乃克斬薛進以徇郭虎怒民之固守也遂屠惠城友明與

牛彔王俊民哈番吳志明領馬甲往定小嶺以東未
附之州縣咸有功後同惠鎮王應傑駐兵郡城以防
東江之
寇焉

皇朝左翼鎮總兵官班志富墓
在東郊伏牛岡冢獸完好碑石巍然撤藩時柩
已遷歸海州此廢壠而已而村人相戒勿殘毀
蓋總兵有遺愛於民也

航海輸誠建節旄一門三世戰功高聽鼙我自思良將
隔歲燒痕滿廢臯
志富鑲藍旗漢軍始爲明登鎮守備崇德元年隨尚
可喜歸誠授二等輕車都尉順治三年從征湖南賊

將郝永忠犯桂陽志富與戰於羅田龍水生擒巨寇張學禮以還晉秩總兵六年從定廣東充先行官剿定翁源一帶土寇七年大兵圍省垣志富營於雁塘安撫郡東各村堡最多惠政十年領兵攻剿潮州叛鎮郝尚久八月與鎮海將軍哈哈木合兵十三日克潮城斬尚久及其子亮志富疾作靖王命總兵吳六奇代鎮潮城令其輿疾還省九月卒子際盛襲其阿思哈哈番世職屢著勛勞康熙中來鎮潮州撤藩後調歸京旗際盛子紹明在廣日擢副將奉調山東陸登州鎮總兵官一門貴盛功著旗常旗人中所希見者也

皇朝右翼鎮總兵官尚之廉墓

在東郊蝻蛇阬北華表石獸蕩然無存而

御製豐碑巍峩雄峙其秘蓋經遷徙者

兩歇寒原唱春令七官遺冢草常青塋軍撒去松楸老
賸有豐碑護百靈

之廉平南王第七子幼隨諸兄宿衛　內廷康熙二年擢藩下梅勒章京三年從討潮州接鎮蘇利之廉領左隊八月師次赤石賊伏銃卒于生湖官田梅壠以拒我師之廉同參領劉文煥搜殺盡淨十二月營於雞籠山蘇利率萬賊來衝屯兵南塘捕旗甲皆赤照映山谷東路復有援兵以爲救應於是平王居中之廉將左班際盛將右張孝吉爲後應十三日黎明合戰日及午遂大破賊衆蘇利逝入碣石城官兵環而攻之克其內外兩重城求蘇利不獲有怪標馬兵李啟宏者呈一首級云是蘇利驗之頸有肉瘤深目黃鬚果是利首乃梟示城門潮州平之廉復偕副都統張旨期領兵收復甲子所降其目余煥章等其墩寨之賊目蘇仲欽亦迎降惟捷勝所之目陳耀不降大軍水陸夾攻于大星洋陳耀子身遁乃班師還

論功之廉加宮保銜
附錄　御製碑其碑高一丈橫四尺有奇贔屓相
承字逾三寸左滿右漢
文曰平南王下右翼總兵官左都督加贈太子少保
諡勤恪　尚之廉碑
稽古建業驅策羣雄不吝爵賞以勸有功昭示後世
用傳不朽所以勵衆藎甚備也爾尚之廉性行純良
才能稱職方冀遐齡忽焉長逝朕甚悼焉特賜祭葬
諡曰勤恪俾勒貞珉光及泉壤國典臣忠庶其昭垂
毋斁哉　康熙十一年三月廿六日立

皇朝潭州鎮總兵官張士選墓
在東郊梅花岡
孺子腸肥敢盜兵忍將金券付鯢鯨王人豈戀私恩者
萬里君門直請纓

士選字子掄鑲黄旗漢軍祖天福隨平南王航海歸誠授左都督同知僉事父貴充藩下章京士選少充王府護衛守正不阿頗不喜于世子同儕張永祥因搆差至 京蒙 恩垂詢海疆情形奏對稱旨賞加總兵銜遇缺陞用歸見之信之信謂其矜誇抑三缺不擢補在西園校射偶失一矢鞭之數百諸衛士咸不平士選偶語誤之信射殘其左足罷益憤康熙丁巳之信往征武宜忽有札特調士選永祥至軍二人大懼遂驚遁至 京告變拘繫 詔獄是年九月之信伏法二人從優議敘二十九年士選陞福建漳鎮總兵卒於任與其配姚董兩夫人合葬此

尚之傑李天植共冢

在西關報資寺菜圃間殘壠三尺不知誰氏題碣云平南親王俺達公尚之信墓遂致鈕玉樵

輩有焚骨揚灰之邪說題詠家往往因之上誣
國紀下誤志乘似不可以弗辯

牡蠣墻根菜甲生荒堆猶表廢藩名驚天大獄誰能判
酗酒狂言實定評

按觚賸云之信賜死于府學名宦祠前焚屍揚灰藩
下官沈上達之家人鍾姓者拾其殘骸瘞之西園
藩下人爲建佛宇題曰報資謂報尚氏之德而資其
冥福也其說得諸傳聞本無柄據而通志因之遂滋
後惑夫之信悖逆狂暴十死莫贖然康熙十九年
上諭云尚之信本應依律處斬姑念其曾受王封
從寬賜令自盡又 上諭侍郎伊昌阿日尚之信
雖經犯法其妻子不可淩辱可著人護送來京師安
置 聖恩高厚刑罰至公彼身尚不忍加以重辟其
家屬尚加意保護焚屍虐刑惟秦皇太武始忍行之

謂皇朝肯出此耶縱日之信流毒東粵民恨之刺
骨陳屍之日或舉而燔之未可知也然將軍賚塔巡
撫金儁未奏　明旨誰敢焚之哉二十一年丙大
臣尚之孝請假來廣迎接父兄棺柩歸葬海州夫日
兄即指尚之信也若云揚灰安有棺柩可迎耶其柩
已北歸此地焉得有墓是不待辨而可明也大抵尚
之傑李天植百有八人處決之後梟示通衢以靖反
側其殘骸攢葬于此上人呼爲尚氏墓遂題以親王
銜名耳又閱史明珠傳云二十一年五月議政王大
臣會勘耿尚二逆罪大學士明珠奏曰耿精忠罪浮
于尚之信之信不過酗酒行兇口出妄言而已耿精
忠則負恩謀反法在不宥讀此則之信罪案定矣蓋
之信幼無良傅養成不義雖經通逆而震攝天威旋
即歸正使當日無戕殺都統一亂竊意　帝德如
天俯念厥父勤勞不過革爵圈禁而已焚屍揚灰豈
我朝所忍出哉稗史小說半出怨口貽害匪淺

北家

在東郊烏龍岡庚寅之役死者山積有紫衣僧號眞修者募人收拾以浮屠法聚而焚之埋其餘燼崇爲大阜表曰共冢又稱普同墖云

鬼哭宵深覓髑髏更誰麥飯奠春秋天開浩刼何須怨子義臣忠土一邱

番禺孝廉王鳴雷爲文祭之文詞斐美遠近傳誦文曰

嗚呼一治一亂維天有道一死一生維人有數在昔尉佗南土翼翼迄于盧循降割邦域殺人盈城屍塡溝洫甲申更姓七年討殛何辜生民再遭六極血濺天街螻蟻聚食飢烏啄腸飛上城北北風牛溲堆積髑髏或如寶塔或如山邱便房已朽頂門未培欲奪其妻先殺其夫男多于女野火糊模羸老就戮少者

爲奴老多于少野大轆轤五行共晝無智無愚無貴無賤同爲一區豈無同姓鬼食嫌疑生妻在傍冥漠未知兒尚襁褓母已生離骨無人收兒在背飢亦有弱婦倉猝入房暮婚晨別未拜姑嫜斷肌埋塵委骨埋香生不相見良友巾幗如何墓門不遠咫尺嗟乎悲哉黄雲浩浩蕭蕭碧草誰斂魂魄而聚比戶野狐鄰穴野葵塞路崢嶸荒塚白楊哀草短首號呼同歸鄉土回首西天勿生刼道江南庾信傷心作賦因而大招夫寧無禱乃招日欲開兮天門燕城兮隴樹寒有年月兮無瓦棺誦之哀兮露瀼瀼往復兮新曠未乾狹兹宅兮相安

明虎賁將軍墓

在河南箕村其墓碣皇明虎賁將軍縣伯電輝

王公偕同節元配張氏一品夫人暨十五庶夫

人之墓粤人公立也天下罕見此題碣亦榮矣

哉

浮江五馬日紛爭賸水殘山孰主盟天步既移人事舛

傷心窮島一田横

與番禺人少爲農短少精悍智計過人羣呼爲繡花針明亡遂散家財收納亡命以謀恢復四方歸之初屯花山迨紹武被殺乃盤踞交村交村爲肇慶交界與新會新甯開平恩平陽春陽江六縣毗聯處萬山之中四鄰大洋羊腸鳥道一徑通人而刺竹陂塘交相間隔實百粤之天險也與築寨其中奉聿鍵之弟朱聿鐥爲主仍用永厤年號四出煽誘時官軍方勤定邊南未暇及此一隅也順治十五年粤地大定七月平南王親率將佐往討之查其山川彼逸我勞乃分扼其運道作長圍困之相持半載王遣人招之降

興不聽是年冬島中糧且盡興遣其子五人齎明之印敕令箭至大營約降平王大悅厚遣其五子歸述王德義興乃大集島衆諭以天命所在當革面歸順以甦民困是夜具衣冠舉家自焚死聿鐫亦吞腦片而亡全島皆降平王大義之收其燼以一品禮葬于此厚待其五子至通顯焉

明太僕寺少卿霍子衡墓

在南海石頭鄉

取義成仁粹一門鴻名彪炳壯乾坤青史但曉綱常重豈比疆場爲報恩

子衡以中書里居明亡與故輔何吾騶等迎戴永厤晉秩僕少丙戌之難歸匿豪賢街寓舍我總兵佟養甲素耳其名使人招之降不應衣冠北謝赴階塘自沉死子應蘭應荃應芷媳梁氏徐氏區氏女大娘同

赴水死塘爲之溢養甲聞之喟然曰忠孝乃出一門
耶命厚殮之親表其閭曰闔門死節之家遣官護其
入棺歸
葬于止

明禮部員外郎屈士煌墓

在番禺沙亭之丙奇岡

蟣虱叢生破甲裳鼓鼙聲死陣雲蒼丹心抱有虞淵痛
夢繞金雞下夜郎

士煌字賁士番禺沙亭鄉人崇禎乙酉舉於鄉國變
日偕弟士煋糾合十三營壯士得數千人屯于增城
尋爲李成棟所破乃乞援於九江陳子壯復合攻省
城不克奔梧州永明之立授中書杜永和頗忌之乃
遁化州龍門島依鄧耀焉島中所集遺播臣有兩郡
王一巡撫六監司知府以下數十人每宴集士煌年

少居末座然遇大議必就決也故鄧耀東通陳奇策西結周金湯遠聯交阯近和臺灣皆用士熛策也及聞永厤在滇與弟士熛跋涉至雲南及至授禮部員外郎士書力詆孫可望之奸丁酉八月雲南失永厤走永昌士熛追之弗可及乃返粵踰伏草間無所聊賴壬寅四月有自雲南來者陳述永厤流離緬甸寄跡亞哇城其酋受吳三桂之檄將護駕之松滋王及黔國公沐天波文安伯馬吉翔綏甯伯蒲纓五十餘員盡殺害之而畀永厤交吳三桂有明遂亡矣言未畢士熛哭頓地咯血不止旋殂家人塟于此

水泉

九眼井

在越井岡下趙佗稱爲御泉僞漢劉龑封爲玉龍泉禁民取汲宋潘美克廣州始與民共之丁白桂令番禺時因民爭汲乃鑿巨石爲九竅以覆之遂有今稱焉

健足分綆遞井華珠英玉屑浸丹砂十行厲禁埋芳草吠徹銀牀兩部蛙

平驛近在井南因禁民汲繚以墻垣藩卒守之刊條禁於井前私汲者笞四十每日分綆遞運以供藩廚

嘗投珠寶入蕧於其中後平王八十七乃終童顏矍鑠視聽弗衰醫者云得甘泉之力今者人居既盛溲鹹鹵與行潦無殊矣

日泉井

在內城詩書街龍王廟神座下省志誤謂在西關靑紫坊近時居民遂於路側浚一新井以當之其實非也

斗大江城浚四渠寒泉曉夕應居諸唐時便以泉名寺考據豈宜引故書

案唐地理記曰南海縣城山峻水深民不井汲都督劉巨麟始鑿四井以便民今城內之日井月泉流水

井乾明井即唐時四井也魏通志謂乾明井在光孝寺流水井在觀蓮街月井在早亭坊日井在仁王寺前廣州西水關古日泉旁爲唐時仁王寺仙城大剎也嘉靖元年提學魏校毀之改建晦翁書院以自附于道學旋廢其故址甚廣康熙初設駐防八旗將軍王永譽即其地爲前鋒營以訓練銳卒今營門外尚有觀音堂一區即仁王寺遺製也又輿地記云日泉去月泉不半里每晨日出井中輒有一日影與月泉遙相輝映今已就湮矣考仁王寺宋時稱[illegible][illegible]泉[illegible]寶國泉得名明時毀于魏校今其故址尚在旗境[illegible]滿洲前鋒營箭道其旁有觀音堂尚是仁王寺東院去早亭坊真不半里可相輝映若青紫坊遠在縣城外去月泉約四五里萬不能輝映也且地記明云四井皆在城日井何由得在西郊大抵省縣志皆沿廣東新語之誤蓋明季江水漲發省垣被淹居民聞日泉沸聲轟相震恐以巨石覆之鎮以龍神遂使日井湮沒後人求之不得遂指青紫坊以當之耳今詩書街之龍王廟固在也

弔碑井

在西城鐵局東縣志謂井中有古碑弔掛如篆梧狀井因得名細審視之乃花塔之基石其色鮮紅盍東莞丹石非碑材也然井近六榕以寺碑考之斯實宋井之一

城市都非舊域疆凌空一塔與靈光尋來八百年前井說與詩人入詠章

考六榕寺碑唐時浮圖已燬宋元祐初南海林修議建復之求其故址不可得造塔輒壞夢神告以舊基當有九井環列東西相去不逾四十五丈宜浚地氣塔便可成林於縣城朝天門外一里求之果得古井

九就其舊基鋤得寶劍古鼎於是塔始成今就碑語在花塔左右得四古井焉塔南爲鐵局所謂弔碑井者可居其一塔北爲石馬槽有大井湛然千春不涸可居其一塔西爲新街其華光廟側有巨井深廣澄澈可居其一塔東爲花塔街其土地廟右有古井圜坊汲食亦可居其一此東西南北四宋井萬無可疑者其他五井或沒于居廬牆壁間俟暇時搜訪之

龍起井

在西城仙羊街藏龍里內宋寶祐元年五月二十六日侍讀鍾顯孫屋後古井有龍昇天時子生取名龍起後登第貴顯井遂得名

一寸濃苔抹徑紅夜深龍氣燭遥空冰湍再嘯蠻風雨

泉脈眞疑地脈通

乾隆三十八年癸巳五月省垣霪雨洽旬西潦盛漲時有滿洲鑲藍旗白佳氏居此屋夜聞井中濤聲震沸至曉不休未幾白雲山水陡發由沙河直注冲崩小北門偏灌三城而小南大東城扉爲水撼閉各坊衢水深六七尺萬民登城陴避災四日水方退官廨民廛坍塌大半事定方知井沸之由蓋泉脈下通江潮龍起之說洵不誣矣

蘇井

在西門内元妙觀通志云蘇井在衆妙堂前東坡來廣時手濬治者也李文溪集載蘇井甘冽爲名賢手澤廣帥方大琮取定林寺鐵井欄護

之環勒銘贊今亡矣

精鐵銘欄跡久磨王孫絮絮滿庭莎硃池墨沼今何在
誰似知音春夢婆

井在元妙觀西偏芳洌異乎他泉乾隆初住持道人黃本純鑿井旁隙地爲菜畦獲藏鏹無算因成素豐相傳初啟土三四尺得朽木盈丈視之蓋洋舶也搜掘至艙因獲多金意漢魏時此處尚屬汪洋耳

雞爬井

在北郊飛鵞嶺下泉味甘滑爲省泉之冠

石腹微凹玉乳懸百年神瀵響涓涓是誰松下支鑪坐
來試西華第一泉

古名雞爬近人恥其不文改曰西華以便語音之轉
其實不然也明天順間學士黃諫來判廣州其人有
水癖者也嘗大品諸泉以雞爬爲最日
汲啜之復撰爲廣州水記頗傳於世
其記曰予使安南還駐舟五羊汲江水飲之頗甘及
來判廣州城中井水多鹹苦江隔城不得日汲居人
皆謂大北門内九眼井甘甚予乃日汲之井在粤秀
山下與江水較之遠近相若復取江水用數月冬深
不雨水涸江亦鹹乃復飲此井至春地氣上升水亦
頗易其味因暇乃登粤秀山尋而西行忽悟性寺中
東苑一井頗佳視九眼井殊勝昔達摩卓錫得之與
九眼井相去百步蓋達摩泉也郡志越井岡僞劉王
玉龍泉恐即此井又鮑姑井在越崗南意即此地
後汲北郭洗白井頗不佳又行三里餘乃得雞爬井
郡志所未載取而試之雖九龍泰泉亦不及矣遂鑿
井傍石題曰學士泉郡人遂傳其名士大夫皆取供
烹茶用而是泉遂大顯廣城舊少井陸刺史始導泉
百餘里蘇東坡孫龍圖亦浚二井今蘇井在元妙觀

西廊嘗汲飲之亦不甚佳龍圖井在城北校場今不知何處其餘皆陸刺史所鑿也布政司堂西有井頗佳次則郡廨後井與光孝寺後古羅漢井相若今寺西廊有訶子泉傳爲羅漢井恐非是味不佳開元寺有居士泉折彥質所浚今在巡撫聽前會親賞之勝蘇井遠矣他如西市頭月泉革行頭日泉馬站巷流水井二處皆試之味亦不佳又有星泉在繡衣坊雙井在城北施水菴其井甚淺下有雙孔春夏溢出地上味亦平平小北門外近西一泉西禪寺有二井皆不及城中數泉嘗以廣州諸泉品之學士泉味最清美經晝夜色且不變宜居第一九龍泉第二蒲磵濂泉第三悟性寺井第四雙井街施水庵井第五小北門外泉第六洗臼井第七九眼井第八居士泉第九外是固不足取布政司及郡廨二井頗勝他處宜居第十而蘇井五眼井羅漢訶子日泉月泉書院井因有名當時而優劣難逃公論也因著廣州水記

九龍井

在白雲山巔石窟幽閟寒濺如銀其味尤旨滑相傳歲旱時老衲見童子九人相戲泉口就而察之無有也驚以爲神掬其水以祈禱甘霖大霈遂號龍泉云開士結茆居其上亦號龍泉庵焉

虎跑千春湧得名九龍神幻下瑤京靈源自被天皇寵三十六番雨穗城

白雲之西舊有虎跑泉水近涸矣乾隆丙午省垣一春無雨至七月而旱寇煽尤虐民大饑有司靡神不宗訖無所應最後來井祈水爲壇禱于東郊甘霖疊降四野霑足總督孫士毅以其事上聞奉

敕特建龍神廟於井上以答神庥　御書靈泉昭貺四字勒石泉北以爲祈禱之貞符焉今白雲龍神廟卽舊日之龍泉庵也

紫姑井

在西樵九龍硐厓子阬下前後兩井深不三尺然遇山雨輒生雲煙舊不甚顯近時取以祈雨頗著靈異

二樵嵐靄遠相望遇合機緣久自彰博得紅丁黃女口
恩光不讓馬頭孃

井之靈異不著於時紫姑亦未知何仙道光壬午阮文達帥粵時逾春不雨田禾枯死公仿董子繁露之

術以事祈禱訖無所驗後用屬官語遣員詣紫姑井虔乞井華歸禱於壇遂蒙澤降公爲文酬祭建祠山中以祀紫姑世始知之然宋代李昴英遊西樵詩已有印石尚存烏利跡問誰能識紫姑仙之句是紫姑在南宋時已見諸題詠矣晦顯有時猶人之否泰也

蘭湖

在大北門內匯納北關諸渠水以出天關俗呼爲大坑明李四衛囘兵之小校場也近時民居稠密盡占爲室廬水潦大降將無以渟潴而爲民害矣

輭碧吹成綳縠紋古時蘭蕙尚清芬市朝可變泉難改

積潦通濠到此分

天順時有居民周姓鋤土得古甎上刻句云芝蘭生幽林無人常自芳君子處階前明德惟馨香游魚物罝羅好鳥名鴛鴦微風動林岸此心共迴翔其下文缺斷無存人方知此地即古芝蘭湖也通志不察地勢誤謂在雙井街村人遂題雙井街門曰蘭湖里亦可嗤也考譚清海六脈渠說明云大北一渠水繞法性寺後瀦於蘭湖由天濠水關以出海其說明指城內之大坑為古之蘭湖矣蓋古法性寺即今光孝寺寺後尚名盤福里盤福即蘭湖之訛音其蹤跡與六脈渠說吻合若雙井街遠在城外帽峯脚居天關之下地勢既高必不能瀦水可審諸目驗者也

乾隆間金川用兵每以雲梯致勝因命各駐防八旗仿照香山健銳營雲梯樣式築碉學習將軍善德建堅碉於湖濵城隅飭兵訓練未幾停止今碉樓尚雄立也

紅蓮塘

在北城天濠街漢軍鑲紅鑲藍旗協領署內方塘二畝澄泓不竭朱荷萬柄不植自生相傳庚寅之役有貞婦某襁負孤兒殉烈此塘其後遂生異蓮深紅絲蕚瓣他芙蕖異街東有白蓮塘若雜以朱藕輒枯萎亦靈蹟也

披髮沈潭面若假孤兒在背妾無家繞塘莫種同心草看此孽天血性花

乾隆五十年協領宋起鳳綰篆日欲窮其跡戽水至底其下絕無藕根泥滓中露銅佛首其大不知凡幾

有紫氣從佛口出宋驚而止未幾卒
子女殁者數人遂相戒無再觸犯

寶石橋

在古藥洲東僞漢劉鋹命黥徒採礪山之石跨
湖爲橋以通花藥仙洲者也其石光潔若玉長
丈有六橫三尺厚二尺平列如砥今僅七片俗
呼爲七塊石寰宇橋梁鮮此巨製車轍馬足千
載猶新題詠家號之爲寶石橋云

雨歇氤氲霸跡荒江花空解念劉郎笑他七石虛稱寶
不化長虹渡沫梁

據南征錄及稗珠考之今省垣之仙湖街清源巷以迄九曜坊觀蓮街西湖街皆當日劉氏之御湖也中有三山縹緲縈曳近粵秀之麓復有花藥洲以聚方士北爲寶石橋以通御駕南爲仙童橋以便四民其餘則汪洋億頃環以犀株亦盛境也今仙童橋亦巨石駕列與寶石無異其材略小亦當年故物惟仙童之稱起於金花小娘僞漢時尚無其稱亦云寶石耳

果橋

在內城南濠街城垣下爲大古渠出水之總口俗呼大水關石欄月洞雄麗廣闊爲三城早橋之冠上跨城樓即宋代之共樂樓也通志誤以此橋爲歸德門之迎恩橋而以城之麗譙當共

樂樓甚爲疏謬康熙庚申嘗修復之今橋有碑
載讀其文乃知當 國初尚通舟楫歌航酒舫
盛夫春秋碧海揚塵曷勝浩歎
月洗雕欄明暗潮珠船無復載笙簫年年空有龍舟水
誰泛春紅問果橋
康熙時平王大修城垣藩下都統王國棟兩翼梅勒
章京尚之璋甯天植等倡治是橋但碑石露立風雨
剝蝕字難辯識因捫錄原
文以備金石採訪其文曰
竊以銘山標柱伏波功烈常存縱筆題橋司馬風流
宛在是故晉勒峴碑後世咸歌叔子漢稱花縣斯時
猶識安仁至若雲一從聳翠上出重霄珠海澄波下臨
蛟室花枝水面口口口口口成珠玉雁影天邊排字

篇章難擬風雲茲有穗石西隅戍樓壁立之下高築水關一橋蓋為海內名區會城勝跡畫船自古香扇傳今一派細流通城引港瑞草連霞晝泛淪漪宵函晧魄龍駒襟還之場鸞口口口地何口口溟驅石可謂南服金湯口時既久于以傾頹口口與邦劉君公餘退食之暇與應科張君口口長公交達口口獎勸一時同事色喜忻然捐貲營建口口口於是卜吉鳩工乃越三月而大橋煥然於古道口口口口哉百年盛舉端有賴于表揚期亦聽典一時允宜勒諸金石立德立功而並尚水雲水月以偕長萬戶同瞻千秋在望將謂砥柱乎中流自是巋壘于不朽云爾康熙庚申孟夏立石耳

文溪橋

在內城長塘街北口為六脈渠出水之一口通志據輿地記紀之的有切證而新南海志識之

大謬

滄桑閲刼幾千秋賸此淪瀾一派流回憶當年忠簡宅誅茆說已跨溪頭

案文溪源出白雲山之滴水巖下注爲流杯池沼溪而南經上下兩塘再斜繞粤秀峰迤而入于東濠宋開慶元年知州謝子强於粤秀之左築堰以瀦文溪之水而灌溉州後平地南開小竇以泄於濠李忠簡昴英卜居溪上自號文溪時讀書于海珠上去居宅不遠以地勢計之當是今小南門外慈度寺前後與長塘街僅隔一城垣耳謂此橋爲宋之文溪橋則無可疑者通志從之是矣南海志因見文溪之水不能直穿小北水關由皇華塘直下東濠遂爾譏其失不知明代合築三城文溪尚穿城南入東濠今小北門城牆尚有月洞門舊跡也成化間議鑿北濠太監陳瑄以白雲地脈關繫閩省不宜鋤斷惟鑿東濠二百

六十五丈深丈六尺于是約引支溪之水不使貫城東而紆迴直入海矣此人事變遷非支溪故道也

上古橋

在內城西濠街上古里爲六脈渠出水之一口橋已無存而近古仁王寺有龍王廟鎮之向來談六脈渠者多略視之謹據保甲片言謂六渠已湮其一但存五脈而已省縣志罔之殊可嗤也

積潦排通六脈淸圖經詳述本分明探源客自忘窮巷頼有殘橋上古名

六渠宜浚爲地方至要之政而居廛鱗次占渠爲屋搜考頗不易嘉慶時藩使康茂園大浚六渠其人精于地學者也誤以藩署爲省垣中宮位强分六脉水仍不通於是詳報大憲謂當時尚缺其一以俟補浚當時無敢非之者趙笛樓紹藩時總浚內外城濠渠於五脉之外加浚五脉謂之十脉通志採之遂牢不可破惟明譚清海六渠議最得其實其論正西門一脈云由光孝街至詩書街繞古仁王寺出西濠以入於海所謂仁王寺者即今滿洲八旗前鋒營箭道其前則上古里下有水關以通西濠俗名小水關是也西門一脈既清則六渠可備矣嘗爲六脈渠說以質諸浚渠之君子焉

隨龍大水宜分不宜回抱者也正西門一脈由草行頭起出光孝街詩書街匯大石街諸小渠遶龍王廟而出上古橋外即白糖會館入於西濠出海歸德門一脈由豆付巷起出擢甲里匯西門大街及光塔街諸小渠南入南濠街果橋下外即王婆欄入於南濠以出海此旗地之三渠也小北門一脈由粤秀山左

起出雙槐洞丹桂里過狀元橋滙合各小渠遶五柱廟而出銅關外納白雲文溪順東濠出海此亦隨龍大水不同顧大城者小南一脈由雅荷塘起穿仁和里出倉邊街滙各小渠繞東岳廟直下長塘街至賢思里復古廟下而出暗寶門外郎文德里入于清水濠出海大南一脈由古藥洲起出寶台橋清風橋流水井至九曜坊滙龍藏各小渠穿仙童橋下外郎南勝里入於南譙濠出海此民地之一渠也蓋六渠大勢自撫署視之大北一脈乾位小北一脈艮位小南一脈巽位大南一脈坤位四大水口合乎堪輿外兩渠迂迴交滙於明堂前天然位置不可附會者也歷來談渠脈皆略於上古橋一脈出水之口故詳及之

南海百詠續編卷四終